실패한 여름휴가

허희정 소설집
실패한 여름휴가

펴낸날 1쇄 2020년 6월 25일

지은이 허희정
펴낸이 이광호
주간 이근혜
편집 이민희 최지인 조은혜 박선우
펴낸곳 ㈜**문학과지성사**
등록번호 제1993-000098호
주소 04034 서울 마포구 잔다리로7길 18(서교동 377-20)
전화 02) 338-7224
팩스 02) 323-4180(편집) / 02) 338-7221(영업)
전자우편 moonji@moonji.com
홈페이지 www.moonji.com

ⓒ 허희정, 2020. Printed in Seoul, Korea
ISBN 978-89-320-3664-9 03810

이 도서의 국립중앙도서관 출판예정도서목록(CIP)은 서지정보유통지원시스템
홈페이지(http://seoji.nl.go.kr)와 국가자료공동목록시스템(http://www.nl.go.kr/kolisnet)에서
이용하실 수 있습니다. (CIP제어번호: CIP2020024734)

이 책은 서울문화재단 '2019년 첫 책 발간 지원사업'의 지원을 받아 발간되었습니다.

실패한 여름휴가

허희정 소설집

문학과지성사

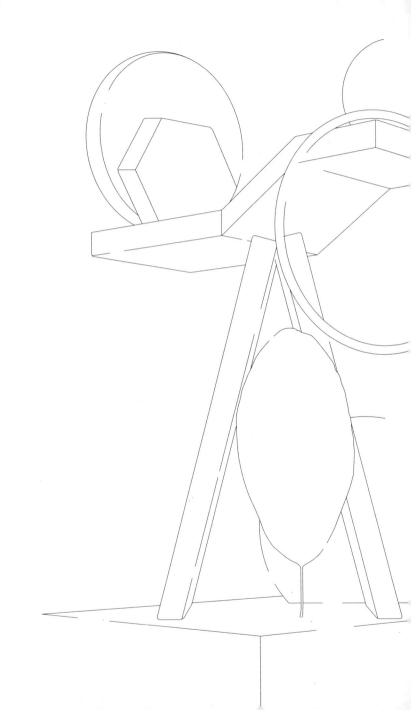

차례

파운드케이크

모래는 화가 나서 견딜 수가 없었다. 화만 나면 다행이었을지도 모른다. 모래는 화가 나고, 슬프고, 외롭고, 괴롭기까지 했다. 더 끔찍한 것은, 모래는 모래일 뿐 모래가 아닌 다른 것일 수가 없기 때문에 다른 사람들이 화가 나고 슬프고 외롭고 괴로울 때 어떤 방법을 취하는지 알 수 없는 데다가, 설령 그것이 무엇인지 안다고 한들 아무것도 할 수 없다는 것이었다. 그러나 그보다도 훨씬 더 나쁜 것은 무엇이 모래의 기분을 나쁘게 하는지 전혀 알 수 없다는 것이었다.

어쩌면 그것은 모래의 발이 항상 축축했기 때문인지도 몰랐다.

어쩌면 그것은 모래의 잠이 항상 부족했기 때문인지도 몰랐다.

어쩌면 그것은 모래의 꽃이 항상 시들어 있었기 때문인지도 몰랐다.

어쩌면 그것은 모래의 빵이 항상 굳어 있었기 때문인지도 몰랐다.

그리고 어쩌면, 아무것도 잘못되지 않았기 때문일지도 몰랐다. 모래는 있는 힘껏 축축한 발을, 모자란 잠을, 시든 꽃을, 굳은 빵을 비난했지만 아무 일도 일어나지 않았다. 대답 없는 사물들에 지쳐서, 모래는 집을 나가기로 결심했다.

나는 모래를 설득하기 위해 무진 애를 썼다. 이것 봐, 너는 항상 기분이 나쁘다고 하지만, 그뿐이잖아. 내가 너에게 새로운 욕실 매트를 사 줄게. 그러면 너는 발을 보송보송하게 닦을 수 있을 거고, 그러면 기분이 조금 나아질지도 몰라. 아니면 요앞에 새로 생긴 빵 가게에서 파는 파운드케이크는 어때? 파운드케이크는 보관만 잘하면 제법 오랫동안 두고 먹을 수 있어. 견과류와 건과일이 듬뿍 들어 있어서 분명히 맛있을 거야. 케이크를 사 오는 길에 화분을 몇 개 사 와도 괜찮을 것 같다는 생각이 드는걸. 잘 마른 예쁜 수건과 달콤한 케이크와 아름다운 꽃을 가져다 두면, 분명히 잠도 잘 잘 수 있을 거야. 하지만 내가 무슨 말을 해도, 모래는 그저 고개를 저을 뿐이었다.

그렇게 말해줘서 정말 고마워, 하지만 네가 무슨 일을 해도 바뀌는 건 없을 거야. 새로운 욕실 매트를 사 와도 나는 계속 화가 날 거고 맛있는 파운드케이크가 있어도 나는 계속 슬플 거야. 예쁜 화분을 아무리 많이 사 와도 나는 계속 외로울 거고 잠을 푹 자도, 엄청 엄청 많이 자도 나는 늘 괴로울 거야.

그건, 어쩔 수 없는 일이야. 그러니까 나는 집을 나가야겠어.

모래는 그렇게 말하고 침대 밑에 넣어두었던 옷 바구니를 끌어냈다. 그리고 벽장 안에 처박아두었던 여행용 가방을 꺼내어 옷과 책과 노트와 필기구와 세면도구와 노트북과 이어폰 같은 것들을 차곡차곡 담기 시작했다. 화가 나고 슬프고 외롭고 괴로운 사람이라고는 도무지 생각할 수 없는, 한 톨의 갈등도 느껴지지 않는 차분한 표정이었다. 꼭 집을 나가야 하는 거야? 모래는 대답하지 않았다. 일주일만, 아니, 하루만 더 생각해보는 건 어때? 그러나 모래는 차곡차곡 짐을 챙기기만 할 뿐이었다. 나는 모래의 사물들이 반듯하게 담긴 모양을 보았다. 모래가 반으로 갈라지는 가방을 꼭꼭 눌러 닫았다. 가지 마,라고 말하고 싶었는데 아무래도 모래는 모래의 흔적을 모레까지 남겨두지 않으려는 것인지, 꼭꼭 눌러 닫은 가방을 세워놓고 자리에서 일어나 안녕이라고 말했다. 그러고는 문밖으로 완전히 사라져버리고 말았다.

모래가 떠난 방에는 모래가 가득했다. 왜냐하면 그것은 모래의 방이었기 때문이다. 어디에나 모래의 흔적이 묻어 있었다. 나는 모래의 사물들이 있던 자리를 둘러보고 나서야 애초에 스스로가 모래의 방을 잠시 찾아온 방문자에 불과했다는 사실을 떠올릴 수 있었다. 한때 익숙하고 사랑스러웠던, 하지만 이제는 낯설게만 느껴지는, 더 이상 모래의 방이 아니게 되어버린 모래의 방에서 나는 모래의 것이었던 침대 위에 누웠다. 금방 잠이 쏟아졌다.

다음 날 아침에 일어났을 때 나는 말을 할 수 없었다. 정말로 그랬다. 입술을 떼고 혀와 턱을 움직여 말을 해보려고 해도 입 밖으로 나오는 것은 더운 숨뿐이었다. 나는 작은 소리로 중얼거려보았고, 더 작은 소리로 속삭여보았고, 엄청나게 큰 소리로 외쳐보았고, 모래와 내가 좋아하는 노래를 큰 소리로 불러보았다. 하지만 아무 소리도 나지 않았다. 그러니까 나는 더 이상 말을 할 수도, 중얼거릴 수도, 속삭일 수도, 소리 지를 수도, 노래할 수도 없게 된 것이었다.

나는 화가 났다. 이건 순전히 모래 때문이었다! 하지만 나는 동시에 슬프기도 했다. 결국 내가 화가 나고 슬프고 외롭고 괴로운 모래를 위해서 할 수 있는 일은 아무것도 없었던 것이다. 모래가 없어져서 나는 외로웠고, 말을 할 수 없게 되어서 괴롭기도 했다. 나는 화가 나고 슬프고 외롭고 괴로운 마음으로 모래의 침대 위에 앉아서 생각했다. 모래가 밉다는 생각을 했고, 모래가 걱정된다는 생각도 했다. 모래가 어서 돌아오면 좋겠다는 생각도 했지만, 모래가 도대체 어디로 갔는지를 알 수 없으니, 모래가 언제 돌아올지 역시 알 수 없는 일이었다. 나는 모래의 방에서 모래를 기다려보기로 했다.

나는 모래가 없는 모래의 방을 매일매일 깨끗이 청소했다. 처음에는 도구들이 어디에 있는지 알 수 없어서, 모래가 청소 도구들까지도 가지고 간 건 아닐까 의심했다. 결국 나는 전철을 타고 내가 살던 집으로 돌아가 청소 도구 일체를 가지고 올 수밖에 없었다. 나는 먼지를 떨고, 걸레질을 하고, 모래가 남기고 간 모래의 가구들을 반질반질하게 닦았다. 청소를 하는 동안에는 아무 말도 하지 않았는데, 그것은 내가 닦지 않아도 될 것을 닦고 이미 떨어낸 먼지를 다시 떨어내느라 너무나도 바빴기 때문이었다. 먼지는 닦아도 닦아도 사라지지 않는 것 같았고, 가구는 닦아도 닦아도 얼룩이 묻어 있는 것처럼 느껴졌다. 때로는 있는지 없는지도 알 수 없는 먼지 때문에 방이 자꾸 어두워지는 것처럼 느껴지기도 했다. 그렇게 청소를 마치고 나면 하루의 절반이 훅 지나가 있었다.

말을 할 수 없다는 건 생각만큼 나쁜 일은 아니었다. 어쩌면 말을 할 수 없는 지금의 상태가 나에게 딱 맞는 것일지도 몰랐다. 또, 찬찬히 생각해보니 원래부터 내가 대화를 나누는 상대라고는 모래밖에 없었다. 청소를 마치고 나면 나는 모래의 의자에 앉아 모래의 책을 읽으며 모래가 불평한 빵을 뜯어 먹으며 모래를, 혹은 모래의 소식을 기다렸다.

하지만 모래의 방은 너무 작았고, 방이 작은 만큼 모래의 책도, 모래의 빵도 너무 적었다. 애초부터 많은 물건이 놓일 수가 없는 곳이었다. 게다가 모래가 너무 많은 책을 담아 가서 내가 읽을 수 있는 책은 몇 권 남아 있지 않았다. 나는 그 책들을 읽고, 또 읽고, 다시 읽었다. 같은 책들을 반복해서 읽는 것이 지겨워서, 도서관이나 서점을 다녀오고 싶은 마음도 들었지만 혹시 내가 나가버린 사이에 모래가 돌아오기라도 하면 큰일이기 때문에 어쩔 수 없이 읽던 책들 사이로 다시 돌아갈 수밖에 없었다. 하지만 그런 일은 일어나지 않았고 이미 거무

튀튀하게 물들어 있던 책배가 손때로 새까맣게 변해버렸을 즈음, 나는 도서관에 다녀오기로 마음을 먹었다.

도서관에서 돌아오는 길에 그 가게가 있었다. 모래에게 사 주고 싶었던 파운드케이크를 파는 가게였다. 항상 진열장에 놓인 케이크를 구경하기만 했을 뿐, 단 한 번도 들어가본 적 없는 가게였다. 나는 모래에게 한 약속을 생각했고, 모래의 거절을 생각했고, 모래의 행방을 생각했다. 나는 두꺼운 유리문을 양손으로 밀었다. 어쩌면 오늘 모래가 돌아올지도 모른다는 생각이 들었다. 머리 위에서 작은 종이 딸랑거렸다.

막연하게 빵집이라고 생각했던 가게 안에는 테이블과 의자가 서너 세트 놓여 있었다. 하나같이 하얗고 반짝이고 아름다운 가구들이었다. 까맣고 매끈매끈한 카운터 뒤로 은색의 커다란 커피 머신이 놓여 있었다. 원두를 담아두는 커다란 유리병, 작달막한 에스프레소 잔과 색도 모양도 무늬도 서로 다른 머그컵들, 길고 투명한 유리잔 사이로 통통하고 키가 작은 직원과 키가 크고 길쭉한 직원이 카운터 뒤에 앉아 담소를 나누고 있는 것이 보였다. 키가 큰 직원이 쉼 없이 손을 놀리는 것으로 보아 뭔가 무척 재미있는 이야기를 나누고 있는 모양이었다.

진열장 안에 바로 그 파운드케이크가 놓여 있었다. 부드러운 갈색의 표면 위에 말린 과일이 올라가 있었고, 그 위에 차갑게 굳은 설탕 시럽이 투명하게 반짝이고 있었다. 매끄럽

14

게 잘린 단면에는 견과류가 콕콕 박혀 있었다. 저런 색을 골든 브라운이라고 하지, 생각하고 있으려니 키가 크고 얼굴이 긴 남자 직원이 나에게 다가왔다. 까만 플라스틱 명찰에 하얀 글씨로 '눈'이라는 이름이 새겨져 있었다. 눈이 물어보았다. 조각으로 드릴까요? 나는 망설였다.

　모래에게 사 주고 싶었던 파운드케이크는 과연 맛있었다. 케이크 시트는 촉촉하고, 안에 든 견과류는 너무 많지도 너무 적지도 않아서 부드럽고 오독오독한 식감이 재미있었다. 케이크 위에만 뿌려져 있다고 생각했던 건과일은 케이크 안에도 들어 있어서, 달콤하고 새콤하고 쫀득쫀득했다. 포크로 케이크를 자를 때마다 차갑게 굳은 시럽이 유리 조각처럼 톡, 톡, 부서졌다. 나는 눈 깜짝할 새에 케이크 한 조각을 다 먹어치워 버리고 말았다.

　며칠 후 나는 다시 눈의 가게에 들렀다. 그건 모래가 돌아오지 않았기 때문이었다. 나는 모래가 아직 돌아오지 않았다는 것이 섭섭하고 쓸쓸했지만 그래도 그런 모래를 위해 무언가를 사다 놓을 수 있다는 것이 무척 기쁘기도 했다. 내 마음에 든 것이니 모래도 분명 좋아할 것이었다. 나는 유리문을 밀고 하얀 가게 안으로 들어섰다. 파운드케이크는 언제나처럼 그 자리에 있었다. 오늘은 한 판을 다 사 가야겠다는 생각으로 입을 열어 직원을 부르려고 했지만, 나의 입 밖으로는 아무런 소리도 나오지 않았다. 게다가 어쩐지 직원들은 오늘따라 무척 바빠 보이기까지 했다. 나는 어찌할 방도가 없어서 이마에

난 땀이 식을 때까지 쇼윈도 앞에 멍청하게 서 있었다.

아, 어제 왔던 분이시죠. 눈이 나를 발견하고 이쪽으로 다가와 말을 걸었다. 케이크 사 가시려고요? 눈이 쾌활하게 말을 이었다. 한번 골라보세요. 가게는 작지만, 이것저것 만들고 있어요. 다 여기에서 구운 빵이랍니다. 나는 그제야 쇼윈도 안에 파운드케이크 말고도 여러 가지 빵이 있다는 것을 발견했다.

하지만 내가 갖고 싶은 것은 오로지 그 파운드케이크뿐이었다. 나는 쇼윈도에 들어 있는 그것을 손짓으로 가리켰다. 이게 무척 마음에 드셨나 봐요. 눈이 케이크를 꺼내며 말했다. 혹시 집이 머세요? 하지만 모래의 집은 나의 동네가 아니었고, 나는 눈이 말하는 '멀다'가 어느 정도 거리를 의미하는지 가늠이 되지 않아서 가만히 입을 다물고 있었다. 눈은 아무래도 나의 무응답을 긍정으로 받아들인 모양이었다. 눈은 나에게서 등을 돌리고 잠시 무엇인가를 찾았다. 날이 너무 더워서, 시럽이 녹아버릴 수도 있거든요. 아이스팩을 몇 개 드릴 테니까 댁에 돌아가시면 바로 냉장고에 넣어두세요. 나는 고개를 크게 한 번 끄덕였다. 눈은 꼼꼼하게 포장한 파운드케이크 상자를 비닐봉지에 담고, 양옆에 아이스팩을 끼워 건네주었다. 나는 눈이 더 이상 말을 하지 않아서 다행이라는 생각을 하며 카드를 내밀었다.

짧은 선을 서명 패드 위에 그은 직후였다. 혹시, 말 못 해요? 눈이 복잡한 손짓과 함께 물어보았다. 나는 아무런 대답을 하지 않았다. 그러면 혹시, 수화는 할 줄 알아요? 포스기에서 영수증이 찍혀 나오는 소리가 났다. 눈이 카운터에 놓인 연필꽂이에서 볼펜을 꺼내주었다. 나는 영수증을 뒤집고 글자를 적었다. 할 줄 몰라요. 앞으로도 영원히 할 줄 모를 거예요.

혹시 원하신다면, 영수증 뒷면에 적힌 글자들을 읽더니, 눈이 조심스럽게 말했다. 수화를 가르쳐드릴 수도 있어요. 나는 고개를 저었다. 나는 수화를 배울 필요가 없었다. 굳이 수화를 배워가면서까지 대화를 나눌 필요도 없었고, 그렇게 하고 싶은 마음도 없었다. 또 나에게는 하고 싶은 말도, 해야 할 말도 없었다. 모래가 집을 나가서 말을 할 수 없게 되었으니 모래가 돌아오면 모든 것이 괜찮아질 것이 분명했다. 나는 한 손에는 파운드케이크가 든 비닐봉지를 들고, 한 손에는 구겨진 영수증을 움켜쥐고 눈의 가게를 나섰다. 해가 지려면 아직도 긴 시간이 남아 있었다.

나는 점점 모래의 방 주변 지리에 익숙해졌다. 모래 없이 건물을 나와서 큰길로 나가는 것은 여전히 어려웠지만, 큰길까지 나오기만 하면 도서관에도, 마트에도, 편의점에도, 수영장에도, 눈의 가게에도 갈 수 있었다. 나는 이제 내가 길을 잘 찾을 수 있다는 사실을 모래에게 알려주고 싶었다.

하루는 마트에서 눈을 마주치기도 했다. 그때 나는 모래의 방에 놓을 욕실 매트를 사려던 참이었다. 하지만 욕실 매트 바로 옆 진열대에서 실내화를 팔고 있었고, 통로와 통로 사이에 놓인 간이 진열대에는 대용량 베이비파우더가 잔뜩 쌓여 있었다. 나는 모래에게 가장 필요한 것이 무엇인지 쉽게 결정할 수 없었는데, 그것은 내가 새로운 욕실 매트를 사 주겠다고 약속했는데도 모래가 집을 나가버렸기 때문이었다. 심지어 진열대 위에 쌓여 있는 욕실 매트는 죄다 연분홍색이었다. 나는 연분홍색의 뽀송뽀송한 욕실 매트와 통통한 말차색 면 슬리퍼, 1킬로그램 통에 든 하얀 베이비파우더 사이에서 한참 동안 고민했다. 결국에는 셋 중 아무것도 고르지 못하고 하나씩 카트에 담아버리고 말았다.

그때, 눈이 내 등 뒤에서 말을 걸었다. 어, 저번에 우리 가게에 오셨던 분이죠? 나는 누군가 나에게 말을 걸 것이라는 생각을 하지 못해서, 그만 욕실 매트를 카트 안에 떨어뜨리고 말았다. 눈은 내가 보고 있던 연분홍색 욕실 매트와 똑같은 제품을 하나 카트에 담았다. 이 동네 사시나 봐요. 저희 가게에도 좀 자주 오세요. 눈이 미소 지으며 말했다. 카트에 올려놓지 않은 손이 허공에서 바쁘게 움직였다. 나는 별다른 대답을 하지 않았다. 다음에 봬요. 눈이 카트를 밀며 인사했다. 나는 눈의 뒷모습이 사라지는 것을 확인하자마자 카트에서 욕실 매트를 꺼내 진열대에 다시 올려두었다.

계산하는 곳에서 나는 눈을 발견했다. 눈은 이미 계산대 중 한 곳에 줄을 서서, 바로 뒤에 있는 사람과 수다스럽게 이야기를 나누고 있었다. 나는 일부러 가장 멀리 떨어진 계산대에 줄을 섰다. 사람들 너머로 눈의 손이 불쑥 솟았다 사라지기를 반복했다. 이윽고 줄이 움직였다. 눈의 일행은 웃으며 고개를 끄덕이고 있었다. 손님, 물건 올려놓으셔야죠. 나는 어느새 내 줄의 가장 앞에 서 있었고, 유리문 너머로 눈이 주차장 쪽으로 카트를 밀고 가는 것을 볼 수 있었다. 물건 값을 치르고 계산대를 빠져나오니, 눈과 이야기를 나누던 일행 역시 계산이 끝난 물건들을 장바구니에 옮겨 담고 있었다. 나는 그제야 그 두 사람이 일행이 아니라는 사실을, 그러니까 처음부터 서로 다른 카트를 각각 밀고 있었다는 사실을 알아차렸다.

언제나 그런 식이었다. 눈이 누구에게나 스스럼없이 대한다는 것을, 누구에게나 공평하고 평등하게 친절하다는 것을 알아차리는 데에는 그리 오랜 시간이 필요하지 않았다. 마트에서 눈과 마주친 이후, 나는 종종 눈의 가게에 들러 파운드케이크를 사 먹었다. 눈이 자주 오라고 말해서 그런 것은 아니었고, 책을 읽다가 배가 고파서 냉장고를 열어보면 파운드케이크가 들어 있었기 때문이었다. 한 조각씩 한 조각씩 썰어서 야금야금 먹어버리고 나면, 모래에게 줄 몫이 남아 있지 않았다. 그러니까 나는 모래에게 줄 파운드케이크를 사기 위해서 눈의 가게에 가는 것이었다.

유리문이 열리고 닫힐 때마다 울리는 종소리에 가장 먼저 반응하는 것은 눈이었다. 그때마다 눈은 얼른 손님에게 따라붙어서 무엇이든 성심성의껏 설명하고, 이 빵과 저 과자 사이에서 갈등하는 손님에게는 나름의 조언을 건네기도 하고, 여차하면 서비스라면서 조금씩 맛보게 해주기도 했다. 포장해가는 손님에게는 저러다가 빵이 얼어버리지는 않을까 싶을 만큼 보냉재를 넉넉히 챙겨주었고, 가게에 머물다 가는 손님에게는 안부를 묻기도 하고, 그 사람이 고른 빵에 가장 잘 어울리는 음료를 추천해주기도 했다. 테라스에 있는 동안 아는 사람이 지나가기라도 하면 절대로 그냥 보내는 법이 없었다. 간단한 안부 인사는 물론이거니와, 하다못해 카스텔라 테두리를 모아둔 것이라도 한 봉지 들려 보내곤 하는 것이 다반사였다. 관심과 친절을 부담스럽게 여기는 손님이나 애초부터 시비를 걸 생각으로 가게에 들어오는 손님이 없는 것은 아니었다. 하지만 눈은 그런 사람들을 상대할 때조차 시종일관 웃는 얼굴을 잃지 않았고, 그러다 보면 그들 역시 어느샌가 마음이 풀어져서 눈과 함께 하하호호 웃다가 양손에 빵 봉지를 들고 돌아가곤 하는 것이었다. 그 와중에 눈은 가게의 모든 빵을 굽고, 돈 계산을 하고, 원두를 갈았다. 눈과 함께 일하는 키 작은 직원은 눈이 모든 것을 도맡아 한다는 데에 일종의 안도감마저 느끼는 것 같았다.

모두가 웃으며 눈의 친절을 받아들였다. 아무도 그것을 불쾌하거나 불편하게 여기지 않았다. 그건 정말 이상한 일이었다.

눈은 내가 갈 때마다 생글생글 웃으며 다른 빵들을 추천했다. 하지만 나는 언제나 파운드케이크 한 조각과 한 판을 주문했다. 내 몫의 파운드케이크가 나오기를 기다리면서 테이블에 앉아 있으면 사람들이 쉴 새 없이 오고 가는 것을 볼 수 있었다. 어제는 말린 살구를 넣었고 오늘은 말린 무화과를 넣어

봤어요. 이것저것 시도해봤는데, 크랜베리랑 무화과랑 아몬드가 들어 있는 게 가장 인기가 좋더라고요. 그래도 아직은 이것저것 실험을 좀 해보려고 해요. 다음에는 복숭아를 넣어볼까 하는데, 또 복숭아가 제철이잖아요. 아, 그래요. 혹시 좋아하는 과일 있어요? 무엇이 들어 있건 파운드케이크는 항상 맛있었다. 나는 하얀 접시에 담겨 나오는 파운드케이크를 먹고 나서, 아이스팩과 함께 포장된 파운드케이크를 받아 들고 집으로 돌아왔다. 집까지 걸어오면서 항상 이번에 산 케이크는 손도 대지 않겠다고, 잘 보관해두겠다고 생각했지만, 며칠 지나지 않아서 케이크는 나의 배 속으로 사라질 것이 틀림없었다.

테라스에 큰 개가 묶여 있었다. 주둥이가 긴 개였다. 하얗고 짧은 털이 부스스했다. 얼핏 보기에도 몸집이 얼추 내 허리께까지 오는 것 같았다. 나는 개와 눈을 맞춰보려 했으나, 개는 계속 나의 시선을 피했다. 종소리가 들리더니, 눈이 가게 밖으로 나와 가볍게 고개를 숙여 인사했다. 내 개예요. 사나워 보이지만 전혀 사납지 않아요. 눈은 그렇게 말하며 한쪽 무릎을 꿇고 개를 쓰다듬었다. 나는 도서관 책이 든 가방을 끌어안은 채로 그 자리에 서 있었다. 눈의 등 뒤로 보이는 유리문 안에는 아무도 없는 것 같았다.

아, 그래요. 오늘은 가게가 쉬는 날이에요. 미리 알려드렸어야 했는데. 괜찮다면 잠시 앉았다 가실래요? 일부러 오셨는데 그냥 돌려보낼 수는 없잖아요. 원래는 저도 오늘 쉬는데, 일이 좀 있어서 나왔어요. 빵 굽는 연습도 해야 하고요. 눈의 등 뒤에서 '금일 휴업'이라는 종이가 팔랑거렸다. 들어오세요. 오늘 구운 것들을 조금 나누어 드릴게요. 그건 대상이 내가 아니더라도 발휘되었을 친절과 붙임성이었다. 나는 눈이 친절하지 않을 때가 있기는 한 건지, 모래가 그랬던 것처럼 화가 나고 슬프고 외롭고 괴로워서 견딜 수 없는 순간이 있긴 한 건지 궁금해졌다.

눈이 스위치를 올리자, 어둠에 잠겨 있던 가게의 반절이 드러났다. 눈은 테이블 위에 올려져 있던 의자를 두 개 바닥에 내려놓았다. 잠깐만 여기서 기다리세요. 눈은 나를 자리에 앉히더니, 카운터 뒤로 들어가서 스콘, 머핀, 마들렌, 피낭시에, 다쿠아즈, 마카롱, 카스텔라, 바움쿠헨 같은 것들을 조금씩 담아 테이블 위에 내려놓았다. 무엇 하나 먹음직스러워 보이지 않는 것이 없었다. 하지만 나는 무엇에 먼저 손을 대야 할지 알 수 없어서 눈동자만 굴리고 있었다. 아, 마실 것이 필요하겠네요. 잠깐만 기다려봐요. 눈은 커피 머신을 향해 성큼성큼 걸어가더니, 이윽고 커피 두 잔을 들고 돌아왔다. 눈의 셔츠 주머니에 볼펜이 한 자루 꽂혀 있었다.

개의 이름은 악어였다. 주둥이가 길어서 악어예요. 봐요, 보통 개치고는 조금 긴 것 같지 않아요? 전 저렇게 주둥이가 긴 개를 본 적이 없거든요. 개 이름이 악어라고 하면 웃기다고 생각하는 사람들이 많아요. 사실 별로 웃긴 이름은 아닌데 말이죠. 눈은 자신이 악어를 어디에서 어떻게 만나게 되었는지

22

(눈의 전 직장 근처에서 발견한 유기견이었다), 어떻게 집으로 데리고 왔는지(소시지로 꼬셨다고 했다), 악어를 길들이는 데 얼마나 오랜 시간이 걸리고 또 그 와중에 어떤 사고들이 있었는지에 대해 말했다. 동생이라고 생각하고 있어요, 눈이 말했다. 그런 개들이 한둘이 아니었겠지, 나는 생각했다. 그 모든 이야기를 하면서, 눈은 단 한 번도 손을 쉬지 않았다.

눈은 내가 그의 손을 줄곧 쳐다보고 있다는 것을 깨달은 것 같았다. 눈이 크게 한숨을 내쉬면서 말했다. 미안해요, 정신 사납죠. 버릇이라서요, 어쩔 수 없어요. 눈이 말했다. 말할 때마다 자꾸 손이 멋대로 움직이네요. 눈이 스콘을 한 조각 입에 넣더니, 미간을 찌푸렸다. 별로 맛이 없네요. 뭔가 잘못 들어갔나 봐요. 하지만 그건 거짓말이었다.

눈의 동생은 말을 하지 못했다고 했다. 아무도 그 애가 말을 못 할 거라고는 생각하지 않았어요. 눈은 그것이 눈의 잘못이라고, 눈이 말이 빠르고 많은 탓에 동생이 말을 못 했던 것이라고, 어른들이 그렇게 믿고 있었다고 말했다. 그래서 수화를 배웠어요. 그러다 보니 이젠 손을 움직이지 않으면 말을 할 수 없게 되어버리고 말았네요. 그건 물어보고 싶지도 않고 알고 싶지도 않은 이야기들이었다. 나는 묵묵히 카스텔라를 잘게 잘랐다. 음악을 틀어놓지 않은 탓에 침묵이 계속되었다. 갑자기 눈이 나에게 질문을 던졌다.

아, 맞아요. 아직 이름도 모르는 사이네요, 우리. 이름이 뭐예요?

나는 대답하지 않았다.

갑작스럽게 그렇게 된 거예요?

나는 이번에도 대답하지 않았다.

불편하지 않아요?

나는 종이 냅킨을 한 장 뽑았다. 곧바로 눈이 볼펜을 건넸다. 언젠가는 괜찮아질 거니까요. 글씨가 예쁘지 않은 것이 새삼 신경 쓰였다. 모래가 돌아오기만 한다면. 나는 잠시 머뭇거리다 아래 줄에 덧붙였다. 눈의 미간이 살짝 찌푸려지는 것이 보였다. 눈이 말했다. 모래는 돌아오지 않을 거예요. 이제 여름이 끝나가잖아요. 아마도 눈은 모래에 대해서 알지도 못하면서 저런 소리를 하는 것일 터였다. 모래에 대해서, 모래의 가출에 대해서 말해볼까 생각하기도 했지만 나는 그냥 볼펜을 내려놓았다. 어차피 설명을 해도 소용이 없을 것이었다. 모래와 함께 산다는 것이 어떤 것일지 이해할 수 있는 사람은 세상에 단 한 사람뿐이었고, 그건 바로 나였다. 그리고 모래를 기다리는 일에 대해 말할 수 없다는 것이 어떤 것인지 아는 사람도 나 한 사람뿐일 것이었다.

나와 눈은 과자들을 나누어 먹었다. 개가 테라스에서 졸고 있었다. 두 잔째의 커피와 과자들을 먹어치우고 나서 나는 눈의 가게를 나섰다. 몇 주 전만 해도 아직 해가 떠 있을 시간이었다. 나는 저녁 공기를 마시며 천천히 걸었고, 집 근처 골목까지 오고 나서야 도서관에서 빌린 책들을 두고 왔다는 사실을 알아차렸다.

그 주 일요일에, 나와 눈과 눈의 개는 강변 공원으로 놀러 갔다. 눈이 구운 빵을 들고 갔다. 이번에는 베이글을 만들었어요. 눈이 비닐봉지를 달랑이며 말했다. 악어를 위한 간식과 차갑게 식혀 유리병에 담은 커피, 너무 익어서 말랑말랑해진 복숭아와 살구, 작은 플라스틱 병에 넣은 토마토 잼도 가방에 넣어서 갔다. 악어가 좋아한다는 낡은 테니스공과 돗자리도 챙겼다.

우리는 강가에 돗자리를 펴놓고 앉아서 점심을 먹었다. 눈이 구운 베이글에 토마토 잼을 발라서 먹었다. 토마토 잼은 눈과 함께 일하는 통통하고 키가 작은 점원이 만든 것이라고 했다. 복숭아와 살구도 먹었다. 달콤한 물이 뚝뚝 떨어져서 먹기 힘들었다. 복숭아를 먹고 공원 화장실에 가서 손을 씻고 돌아오니, 눈이 악어에게 간식을 주고 있었다.

나는 악어에게 테니스공을 던져주었다. 악어는 공이 날아간 곳으로 달려가 공을 물고 되돌아오기를 반복했다. 나는 곧 악어와 노는 것에 싫증이 났다. 악어는 한동안 코로 테니스공을 굴리면서 놀다가 이윽고 누런 개를 데리고 온 어떤 가족에 끼어서 놀기 시작했다. 눈은 그 모습을 흐뭇한 표정으로 지켜보고 있었다. 눈의 콧잔등이 까맣게 익어서 보기에 좋았다.

저녁을 먹은 후에는 영화를 보러 가기로 했다. 악어는 가게 앞에 잠시 묶어두기로 했다. 여기서 조금만 기다리고 있어. 영화 보고 나서 데리러 올게. 착하지, 악어. 나는 눈이 악어를

어르는 것을, 악어의 하얗고 부숭부숭한 털을 쓰다듬는 것을
보았다. 우리는 악어에게 안녕을 고하고, 눈의 차를 타고 시내
에 있는 영화관으로 갔다.

　라디오에서 저녁 뉴스가 나오는 시간이었다. 해안에서 유
전이 폭발했다. 사람이 많이 죽었다고도 했다. 나는 라디오를
꺼버리고 싶었다. 나는 눈이 나에게 고백하기를 바랐다. 세상
에서 가장 절박한 사랑의 고백을, 도대체가 지겨워서 견딜 수
없다는 표정으로, 아무런 말도 없이, 단호하게 거절해버리고
싶었다. 그러면 나는 모래에게 말할 수 있을 것이다. 나는 오랫
동안 너를 기다렸어. 그 누가 내게 다가와도 전부 다 쫓아내버
렸어. 하지만 눈은 아무 말도 하지 않았다. 나는 눈에게 카드를
건네주었다. 눈이 영화 티켓과 팝콘과 콜라를 사 와서 나에게
하나씩 건네주었다.

　영화관을 나오는 길에, 눈은 나에게 아스파라거스 화분을
사 주었다. 사양하거나 거절할 기회조차 없었다. 눈은 이윽고
아스파라거스를 키우는 법에 대해서 설명하기 시작했다. 운전
을 하는 도중인데도 손이 자꾸 움직여서 내심 불안한 마음이
들기도 했지만, 무릎 위에 놓인 화분이 무거워서 내색을 할 수
는 없었다. 아스파라거스도 꽃이 펴요. 잘 키우면 말이죠. 아주
작은 꽃이 피는데, 무척 귀여워요. 눈이 말했다. 우리는 이윽고
눈의 가게 앞에 도착했다.

　악어가 짖는 소리가 들리지 않았다. 눈이 먼저 차에서 내
렸다. 나 역시 차에서 내리기 위해 잠금장치를 풀었다. 그때였

다. 눈의 목소리가 들렸다. 내리지 마세요. 그러나 나는 한 손으로 화분을 단단히 끌어안고, 나머지 한 손으로 자동차 문을 밀어냈다. 내리지 말라고 했잖아요. 눈의 목소리가 들렸다.

차체를 빙 둘러 가니, 눈이 악어 앞에 무릎을 꿇고 있었다. 하얀 헤드라이트 불빛이 악어의 깨진 머리통을, 시꺼먼 액체로 축축하게 젖은 털을, 축 늘어진 앞발을 비추고 있었다. 누군지는 알 수 없었지만, 아무래도 악어의 대가리만을 집요하게 공격한 것이 분명했다. 헤드라이트 불빛이 닿지 않는 곳에 굵은 몽둥이가 하나 떨어져 있었다. 얼룩이 아직 지워지지 않은 채였다.

화분을 떨어뜨리지 않은 것이 그나마 다행이었다. 나는 눈이 조용히 손을 들어 올리는 것을, 커다란 그림자가 악어의 몸 위에 드리워지는 것을, 긴 손가락이 악어의 털을, 젖어서 엉긴 털을 쓰다듬기 시작하는 것을 보았다. 눈은 한참을 그렇게 악어의 몸을 쓰다듬었다. 나는 소리를 질렀다. 물론 아무런 소리도 나지 않았다.

눈은 까만 자동차에 악어를 싣고 가버렸다. 나는 화분을 끌어안고 집을 향해 걷기 시작했다. 걸으면 걸을수록 화분이 무거워지는 것 같았지만, 집 앞 마지막 골목까지 화분을 끌어안고 열심히 걸었다. 마지막 모퉁이를 돌기 직전에 화분을 내려놓고 잠시 쉬었다. 허리와 손과 어깨가 아팠다. 나는 모퉁이를 돌아서 집으로 돌아갔다.

다음 날 아침에 보니, 화분이 사라져 있었다.

나는 한동안 눈의 가게에 가지 않았다.

그리고 얼마 지나지 않아, 모래가 돌아왔다.

모래는 빈손으로 돌아왔다. 눈이 떠났다는 소식을 들은 바로 그날 저녁이었다. 나는 그 소식을 빵 가게의 키가 작고 통통한 직원에게 전해 들었다. 평소처럼 도서관에 다녀오는 길이었다. 키가 작은 직원은 눈이 며칠 전에 가게를 그만두었으며, 눈이 떠난 것은 악어가 살해당했기 때문이라고 말했다. 정말 모를 일이에요. 그렇게 순한 개였는데 말이죠. 손님은 본 적 없으실 거예요. 하얗고 큰 개였어요. 주둥이가 아주 길고요. 정말이지, 저는 그 개가 짖는 건 고사하고 으르렁대는 것도 한 번도 본 적이 없어요. 그런 개를 그렇게 때려죽이다니, 정말 끔찍하죠. 개를 그렇게 아꼈더랬어요. 이 근방 사는 사람이면 다 알 텐데, 알고도 그런 짓을 하다니. 정말이지, 사람만큼 무서운 게 없는 것 같아요.

직원은 호들갑을 떨며 말했다. 그래서 당분간은 케이크를 만들 수 없을 거예요. 새로운 파티시에를 구해야 하는데, 얼마나 걸릴지 모르겠어요. 요즘은 사람 구하기도 힘든데 말이죠. 직원이 크게 한숨을 내쉬었다. 일이 이렇게 되어서, 가게도 당분간 열지 못할 것 같네요. 정말 죄송해요. 나는 가볍게 인사를 하고 책들을 끌어안고 집으로 돌아왔다.

집에 돌아오니 모래가 있었다. 어제 썼던 연필만큼 짧아진 모래가 소파에 앉아 있었다. 모래와 나의 눈이 마주쳐서, 나는 모래에게 인사를 하고 싶었다. 안, 녕, 잘, 돌, 아, 왔, 어, 나는 크게, 크게 입을 벌려 말해보았다. 하지만 따끈따끈한 숨이 나올 뿐이었다. 나는 현관에 서서 멍청하게 뻐끔거리다가 엉엉 울기 시작했다. 모래가 깜짝 놀라서 물어보았다. 무슨 일이니, 무슨 일이야. 나는 고개를 내저었다. 눈물을 뚝뚝 흘리면서 내저었다. 아무것도, 아무것도 아니야. 그렇지만 그건 어떤 종류의 소리도 아니었다.

모래는 갯벌에 다녀왔다고 말했다. 처음에는 그냥 무작정 걸었어. 어디로 가야 할지 알 수가 없어서, 그냥 자꾸 걸었어. 화가 나고 괴롭고 외롭고 슬퍼서, 그냥 마구 걸었어. 그러다 보니 점점 몸이 무거워지더라고. 나는 그게 내 짐 때문이라고 생각을 했어. 그래서 길 위에 짐을 풀어놓고, 뭐를 버려야 할지 생각했지. 무거워서 힘든 거니까, 가장 무거운 것부터 버리면 될 거라고 생각했는데, 그렇게 할 수가 없더군. 생각해봐, 노트북은 비싸잖아. 그리고 그 안에 든 것들이 생각해보니까 참 많더라고. 그렇다고 옷을 버릴 수도 없고, 책을 버리자니 또 괜히 섭섭해서 그대로 짐을 벌여놓고 앉아 있었더니, 웬 차가 와서 멈추더라고. 나를 칠 뻔했대. 그 사람들이 나에게 욕을 하고 화를 내길래, 나도 똑같이 대꾸해줬어.

그 사람들이 나를 갯벌로 데려다줬어. 밤새 고속도로를 따라서 달리다 보니까 갯벌이 나오더라고. 아침부터 갯벌을 따라서 걸었어, 처음에는 도저히 엄두가 나지 않아서 갯벌 옆으로 난 길을 따라서 걸었어. 갯벌은 엄청 까맸어. 사실 무서

웠어. 그런데 걷다 보니까 자꾸만 뻘이 발에 묻는 거야. 정신을
차려보면 나는 길을 벗어나서 뻘 위를 걷고 있었어. 발이 자꾸
푹푹 빠져서 빠져나올 수가 없었어. 가다가 가다가 너무 힘들
고 기운이 없어서, 그냥 그 자리에 벌렁 드러누워버렸어. 모래
의 손은 더 이상 파들파들 떨리지 않았다.

모래는 갯벌에 누워서 손톱만 한 게들이 들락날락하는 것
을 구경했다고 했다. 몇 마리는 잡아서 주먹으로 으깨버렸어.
살이 물크러지고 손에 이상한 액체가 묻었지만 닦아내고 싶지
않았어. 그리고 그냥, 소리를 지르면서 갯벌 위를 굴렀어. 몸이
자꾸만 자꾸만 뻘 속으로 빠져들었어. 그건 정말 이상하고 좋
은 기분이었어! 하지만 내가 완전히 빠져버리기 전에 어부들
이 와서 날 구해줬지. 조금만 더 굴러다녔다간 뻘에 빠져서 죽
어버렸을지도 모른다고 하더군.

갯벌을 떠난 다음에도 자꾸 걸었어. 갯벌로 돌아가고 싶
었지만, 그럴 수가 없었어. 너무 멀리 와버린 데다가, 갯벌이
어딘지도 알 수 없었거든. 자꾸 걷다 보니 짐이 너무 무겁다는
생각이 들었어. 그래서 가드레일 너머로 그냥 통째로 던져버
렸어. 그땐 정말로 신나는 기분이었어! 하지만 그렇게 한다고
무거운 게 가벼워지진 않더라고. 이상하게 여전히 온몸이 무
거웠어. 어쩌면 진흙 때문이었을지도 몰라. 그래도 방도가 없
으니까 일단 걸었어. 걷다 보면 모든 게 해결될 거라고 생각을
했지. 그런데 점점 뭔가 이상하게 돌아가는 것 같더라고. 정신
을 차려보니까 자꾸만, 자꾸만 물건들이 커지는 것 같았어. 그

래도 나는 그냥 걸었지. 그러다 보니까, 집에 도착했어.

아침밥이 먹고 싶어. 아주 많이. 모래가 말했다. 말을 하면서도 모래는 자꾸만 자꾸만 줄어들었다. 나는 얼른 자리에서 일어나 냉장고를 열었다. 베이컨과 베이글을 굽고, 수란을 만들고, 아스파라거스와 가지를 구워서, 토마토를 갈아서 만든 주스랑 복숭아 퓌레를 끼얹은 요구르트를 먹어야지. 지금은 저렇게 조그만 모래도, 아침을 많이 많이 먹으면 다시 커질지도 모르는 일이었다. 나는 베이글과 계란, 토마토와 아스파라거스를 꺼내서 도마 위에 올려놓았다. 그때였다. 등 뒤에서 무엇인가 풀썩 떨어지는 소리가 났다. 나는 뒤를 돌아보았다. 모래가 없었다. 다만, 내가 공들여 닦은, 세상에서 가장 반짝이는 마룻바닥 위에 먼지 구덩이가 내려앉아 있었다.

우중비행

온실에는 항상 여분의 화분이 있었다.

그 건물을 온실이라고 부른다는 사실을 알게 되기까지는 제법 오랜 시간이 걸렸다. 당연히, 온실에 쌓여 있던 물건들이 화분이라는 것을 알게 되는 데에도, 화분이라는 말이 식물을 심어 키우기 위한 용기 일체를 뜻한다는 사실을 알게 되는 데에도 그만큼의 시간이 필요했다. '온실'도 '화분'도 너무 낯선 단어였고, 그런 말들이 존재했었다는 사실을 아는 사람은 얼마 남아 있지 않았다.

식물을 키우는 이유가 뭐야?

여러 가지 이유가 있겠지. 식용으로 쓸 수도 있고, 아름답기도 하고. 가장 중요한 건 식물이 산소를 만들어낸다는 것 아니었을까.

산소? O_2?

응, 그때 사람들은 산소로 호흡했으니까.

그렇게 말하며 Q는 가위로 웃자란 줄기를 잘라낸다. 온실의 두꺼운 유리는 외부의 소리를 차단하고, 인공조명은 직접 올려다볼 수 없을 만큼 밝다. 두꺼운 보호 장갑을 끼고 있는 탓에 Q의 손놀림은 몹시 둔하다. 가윗날이 장갑의 표면을 스친다. 금속과 세라믹으로 이루어진 보호 장갑의 표면은 몹시 튼튼하므로, 녹슨 가위 정도로는 손상되지 않을 것이다. 그러나 G는 그의 손등에서 눈을 떼지 못한다. 잘려 나간 줄기가 지면으로 떨어진다. 지면은 이미 녹색이고, 그 위에 녹색이 더해진다. 그가 줄기를 쥐고 있던 손을 놓는다. 가볍게 튀어 오르며 곡선을 그리는 식물의 줄기. 이파리가 버석거리는 소리를 내고, 인공조명의 불빛을 받아 섬모가 반짝인다.

G는 그 모습을 잠시 지켜보다 온실을 나선다. 앞 유리에 물방울이 맺히고 굴러떨어진다. 오늘의 비는 잔잔하고 조용하게 내리는 비, 지난밤의 거센 비와는 다르다. G는 걷기 시작한다.

눈을 감을 때마다 G가 떠올리는 것은 이런 장면들이었다. 그는 그것이 마치 잘 짜인 알고리즘 같다고 생각했다. 눈을 감는다는 행동이 입력되면, 연산을 통해 정해진 장면들이 끊임없이 재생되는 것이다. 끝없이 반복되는, 개입할 수 없는 장면들을 지켜보다 보면 수면의 가능성이 점점 낮아졌다.

우주를 가로지르는 동안, 탑승객들에게는 수면을 취할 것이 권장되었다. 물론 지난 세기에 그랬던 것과는 달리 더 이상

필수 조치라고 할 수는 없었지만, 대부분의 탑승객들은 권고 사항을 준수하는 편이었다. 특히 연합으로 돌아가는 복귀 편의 경우, 대부분의 탑승객이 수면 상태에 들어가 우주선 전체가 침묵에 휩싸이곤 했다. 잠은 제한된 공간과 무한한 시간 사이를 비집고 들어오는 불쾌한 생각들로부터 도망치는 가장 손쉬운 방법이었고, G 역시 그런 이유로 수면을 택하는 사람들 중 한 명이었다. 그러나 그의 시도는 대부분 실패로 돌아갔다.

G는 마지막 탐사의 생존자 중 한 명이었다. 또한 그는 Q의 실종과 관련된 중요 참고인이기도 했다. 탐사의 생존자들은 의무적으로 카운슬링을 받아야 했고, 그것은 G 역시 마찬가지였다. 지난 몇 년간 이름으로만 존재하던 카운슬러는 자신이 어떤 질문을 해야 하는지, 어떤 질문을 하고 있는지도 모르는 것 같았다. 불쾌한 일이었다. 그는 카운슬러를 만나지 않는 시간을 모두 수면 캡슐에서 보내려고 했다. 그러나 그것은 부질없는 시도였다. 오차 없이 작동하는 알고리즘으로 인해, 눈을 감고 있는 시간 전부가 그에 대한 기억으로 메꾸어졌다. 마치 보살피는 사람 없이도 번성하는 나무들처럼.

Q는 살뜰하게 식물을 보살폈다. 마치 애정을 기울일 만한 대상은 엽록체들뿐이라고 말하는 것 같은 태도였다. 물론, 탐사 대상 지역에 살아 있는 생물이라고는 탐사 대원들과 끝없이 뻗어나가는 식물들밖에 없었다. 그는 길고 지리멸렬한 탐사 기간의 대부분을 온실에서 보냈다. 물을 주고, 토양의 상태

를 확인하고, 적절한 유기물을 제공하고, 이파리의 모양, 줄기의 생김새를 관찰하고 기록하는 일. 그의 정성에 보답이라도 하듯이, 온실 속의 식물들은 날로 번성했다.

그러나 그건 온실 밖에 있는 식물들도 마찬가지였습니다. 오히려 온실 밖에 있는 식물들이 더 잘 자라는 것처럼 여겨졌어요. 당연한 일이죠. 그가 온실에서 키웠던 식물들은 원래 온실 밖에서 자라던 것들이니까요. 그가 처음 식물을 키우기 시작했을 때부터, 저는 그가 어떤 목적으로 식물을 재배하려고 하는 것인지 알고 싶었어요.

G는 침을 삼켰다. 그가 다시 입을 열려는 순간, 차임벨이 울렸다. 카운슬링 시간이 끝났다는 의미였다. G는 입술을 꾹 다물고, 자리에서 일어나 의자를 집어넣었다. 곧 다음 내담자가 도착할 것이었다. 그는 Q와 나누었던 대화를 생각하고, 끝맺지 못한 이야기에 대해서 생각했다. 그는 마치 G의 질문을 이해하지 못한 것처럼 딴청을 피웠었다.

G는 식물을 좋아하지 않았다. 그에게 식물이란 위협적인 존재, 기괴한 형태를 지닌 이계의 사물로 여겨졌다. 나무는, 풀은, 아무렇게나 자라나고 쉽게 무성한 무리를 이루었으며 돌보는 손길 없이도 무럭무럭 자라나 서슴없이 세력을 확장하곤 했다. 단순한 생존의 조건. 그는 그 단순함을 두려워했으며, 그래서 더욱 Q의 온실에 대한 애착을 이해할 수 없었다. 그러나 동시에, 그는 식물이 길들어가는 과정을 보며 묘한 쾌감을 느끼곤 했다. G 자신은 결코 인정하지 않았지만, G가 종종 Q의

온실을 방문했던 것은 파트너와 2인 1조로 움직여야 한다는 규칙 때문인 동시에 그의 식물 재배를 지켜보기 위한 것이기도 했다.

지구상에서의 모든 행동은 2인 1조로 이루어져야 한다는 것은 탐사대의 대원칙 중 하나였다. 낙오자가 없도록 할 것. 파트너의 행동을 항상 눈여겨보고, 조금이라도 의심스러운 부분이 있으면 보고할 것. 그것은 대재난 이후 어떻게 바뀌었는지 알 수 없는 지구 환경으로부터 탐사대를 보호하기 위한 조치였다. 누구든 낙오된다면 그는 호흡할 수 없는 공기 속에서 굶주리다가 고통스러운 죽음을 맞이할 것이며, 그의 육체는 지구를 장악한 생명체들을 번성시키는 한 수단에 지나지 않게 될 것이었다.

G는 그런 것을 바라지 않았다. G가 바라는 것은 기술자로서의 성공, 그에 따르는 경제적인 보상과 안정적인 삶, 사랑하는 사람들과의 행복한 노후 같은 것들이었다. G는 기관을 졸업하자마자 곧바로 행성 연합의 연구소에 취직했다. G는 그것이 자신이 원하는 것을 이루기 위해 할 수 있는 최선의 선택이라고 생각했다.

연구소는 우주 공간에서 연합인의 생존과 적응을 연구하는 기관이었다. 대재난으로 지구를 떠나온 인간들이 단 하나의 행성에 아무런 문제 없이 적응할 수 있었다면 연구소가 이토록 오래 유지될 필요가 없었을지도 몰랐다. 그러나 불가피한 온갖 이유로 인해 인간들은 여러 행성에 흩어져 살 수밖에 없었고, 이들 행성은 지나치게 다양한 특성을 지니고 있었다. 인간은 살아남아야 했으며, 연구소는 이러한 목적에 충실한 기관이었다.

비슷한 목적으로 설립된 민간 기관들이 없는 것은 아니었다. 그러나 행성 연합에 소속된 연구소는 연합 정부의 인정을 받은 기관이라는 점에서, 또 보유하고 있는 데이터의 양이 방대하고 뛰어난 기술을 가지고 있다는 점에서 그 어떤 민간 기관과도 비교할 수 없었다. 연합에 속한 행성들은 연구소에 각종 투자와 지원을 아끼지 않았다. 그러니 연합 연구소에 들어간다는 것은 기술자로서의 야망을 펼칠 기회가 충분히 주어진다는 뜻인 동시에 동시대의 가장 뛰어난 학자들과 교류할 수 있다는 의미이기도 했다. 지구 복귀 프로젝트에 배정되기 전까지만 해도, G는 그렇게 믿어 의심치 않았다.

생체 실험. 회의실에 있던 그 누구도 그 단어를 입 밖으로 꺼내지 않았다. 그러나 G는 무의식적으로 그 단어를 떠올렸고, 자신이 그 단어를 떠올렸다는 사실에 소름이 돋는 것을 느꼈다. '온실'이나 '화분'과 마찬가지로, '생체 실험'이라는 단어는 이미 오래전에 생명력을 잃었다. 인간을 비롯한 생명을 지닌 개체를 특수한 목적의 실험 대상으로 삼는 행위는 지난 세기 이후로 행해지지 않았다. 그러나 지금, Q의 주장은 본질적으로는 생체 실험을, 인간을 대상으로 삼는 생체 실험을 하자는 것과 동일한 의미로 들렸다. 극단적인 복귀주의자 부류만이 내놓을 수 있는 의견이었다.

그러나 G는 그의 의견을 도무지 받아들일 수 없었다. 그리고 나머지 탐사 대원들 역시 그럴 것이라고 생각했다. 탐사 장비에 문제가 발생한 것도 사실이었고, 그로 인해 연합 연구소와의 통신에 어려움을 겪고 있는 것 역시 사실이었지만, 아주 위험한 상황은 아니라는 것이 G의 의견이었다. 하지만 그가 의견을 피력하기 무섭게 반대 의견이 제기되었다. 아직까지는 극단적인 상황이 아닐지도 모르죠. 하지만 이 상황이 언제 어떻게 타개될지 모르는 상황에서 이미 가지고 있는 자원에만 의존할 수는 없어요. 아무도 반응을 보이지 않았다. G로서는 그것이 찬성을 의미하는 것인지 반대를 의미하는 것인지도 알 수 없었다.

G는 개인실로 돌아오자마자 헬멧을 벗었다. 익숙한 공기. 자연스러운 호흡. 그는 그 상태 그대로 베이스캠프 안을 활보하고 싶은 충동에 휩싸였다. 그러나 연합 연구소 소속의 연구원으로서 그는 항상 호흡 보조 도구를 착용해야만 했다. 그것은 탐사 대원 전부에게 적용되는 규칙이었다. 다른 말로 하면, 공연히 위화감을 조성하지 말 것. 그러나 회의실을 지배하고 있던 공기는 위화감 그 자체였다.

Q의 의견, 다시 말해 연합과 통신이 복구되고 탐사선의 일부가 파괴된 상황을 고지할 수 있을 때까지 지구 생태계를 이루는 식물의 적극적인 재배 및 수확, 섭취를 통한 생존 연장에 찬성하는 사람은 G의 생각 이상으로 많았다. 어차피 본 프

로젝트의 목적이 지구 복귀라면 당연히 밟아야 할 수순이 아니겠냐는 주장. 이성을 통해 도출한 합리적인 결론이라는 설명. G는 그 말들을 액면가대로 받아들일 수 없었다. 비이성과 맹목의 산물, 망상.

애초에 찬성 의견을 표명한 사람들은 대부분 그와 비슷한 지역에서 온 사람들이었다. 척박한 행성에서 겨우 적응한 인류의 후손. 신생아의 생존율은 낮았고, 평균 수명 역시 연합의 다른 행성들에 비해 짧았다. 우주 적응 과정에서 발견된 각종 증후군과 합병증으로 고통받는 사람들이 아직까지 남아 있는 지역이기도 했다. 당연히 그들은 지구에 대해서 모종의 환상을 가질 수밖에 없는 사람들이었다. 그러나 G는 그들이 주장하는 복귀가 이렇게까지 터무니없고 시대착오적인 것이리라고는 차마 상상하지 못했다. 어떻게 보면 복귀주의라는 사상 자체가 연합인의 정체성과 모순되는 것처럼 생각되기도 했다. G는 침상에 누워 천장을 바라보았다. 애써 꽁꽁 숨겨두고 있던 오래된 편견이 날숨과 함께 비어져 나오는 것 같았다.

지구 복귀 프로젝트가 실제로 실행에 옮겨질 것이라고 생각한 사람은 그리 많지 않았다. G 역시 그렇게 생각하는 사람들 중의 한 명이었다. 물론 복귀주의자들은 언제나 같은 주장을 펼쳐왔고, 그 역시 그들의 주장에 익숙했다. 개별 행성이 가진 조건들은 극단적으로 달랐고, 몇 세기가 지나도 인간은 어느 행성에도 완전하게 적응할 수 없었다. 환경이 야기하는 문제는 언제나 구체적이었고, 개별적이었고, 실존적이었다. 이런 문제들을 해결하는 유일한 방법은 지구로의 복귀뿐이라는 것이 그들의 주장이었다.

말도 안 되는 소리였다. 인간들이 처한 문제를 해결하기 위해 이미 연합 연구소가 설립된 지 오래였다. 물론 연구소에서 모든 행성의 문제들을 공평하게 다룰 수는 없는 노릇이었고, 실제로 한번 후순위로 분류된 문제들은 언제까지나 후순위로 남아 있기는 했지만, 연구소를 통해 해결되고 개선된 문제들 역시 적지 않았다. 그러나 복귀주의자들은 그러한 공적을 좀처럼 인정하려 들지 않았다. 그들은 그들이 어떻게 그렇게 자연스럽고 편안하게 호흡할 수 있는지 모르는 것처럼 보였다.

지구로 돌아가기 위해 필요한 기술이 없는 것은 아니었다. 모자란 것은 자본들을 집결시킬 수 있는 구심점, 그리고 정보였다. 떠날 수 있는 인간들이 떠난 후의 지구 환경이 어떻게 변해왔는지에 대해서는 알려진 바가 극히 적었다. 그러다 보니 복귀주의자들은 인간이 직면한 문제를 해결하기 위해 지구로 돌아가야 한다는 주장을 뒷받침할 만한 어떤 근거도 제시할 수 없었다. 게다가 연합 연구소는 어디까지나 행성 연합 내부의 일에만 관여하는 기관이었고, 연합 내부에는 해결되지 않은 문제들이 여전히 잔뜩 쌓여 있었다. 다시 말해 누구도 지구와 지구의 변화에 대해서 알아내고자 하는 의지가 없었던 것이다. 그러다 보니 복귀주의자들의 주장은 허무맹랑한 것으

로 여겨지기 마련이었고, 때로는 복귀주의자들 자신도 그렇게
여기는 것처럼 보이기도 했다.

지구에 대한 문헌이 존재하지 않는 것은 아니었다. 그러
나 그것들은 주로 대재난 이전의 세계를 다루고 있었다. 세대
와 세기를 거듭하면서 지구와 지구를 둘러싼 이야기들은 분
해되고 다시 조립되기를 반복했다. 그 과정 속에서 지구는 기
이하고 아름다우며 평화로운 만인의 고향으로 둔갑했고, 지구
탈주의 과정에서 내려진 비겁한 결정들과 그 결정에 책임이
있는 사람들, 그로 인해 가장 먼저 버려진 이들의 이름은 깨끗
하게 지워지고 말았다.

그리 중요하지 않은 일들이었다. 그것은 어디까지나 과거
에 대한 이야기였다. 중요한 것은 대재난 이후 몇 세기가 지난
지금의 지구 환경이 어떠한가였다. 행성 연합의 새로운 지도
자가 선출된 이후 갑작스럽게 복귀주의에 유례없는 관심이 쏠
리기 시작했다. 그는 임기 내에 지구 복귀를 위한 탐사 프로젝
트 계획을 수립하고, 또 실행하겠다고 천명했다.

학자들은 가설을 세우고, 시뮬레이션을 돌리고, 논문을 발
표하기 시작했다. 어디까지나 간접적인 데이터에 의한 주장이
었다. 무인 탐사선이 주기적으로 지구를 오가기 시작했으나,
지표면에 실제로 착륙한 것은 단 한 대도 없었다. 지표면의 환
경 변화, 그로 인한 기계 파손의 우려, 비용 회수의 문제, 온갖
이유가 내세워졌으나 기저에 깔린 정서는 동일했다. 상상과
현실이 다를지도 모른다는, 그동안 믿어왔던 것들이 깨져버릴

지도 모른다는, 두려움.

비행은 길었다. 행성과 행성 사이를 비행할 때에는 익숙한 방식으로, 비교적 안정적으로 비행할 수 있었다. 그러나 지구 대기권에 진입하는 순간, 이전과는 전혀 다른 환경이 그들을 맞이했다. 열권에서 성층권을 지날 때까지만 해도 큰 문제는 없는 듯했다. 그러나 성층권을 지나 대류권에 진입하는 순간부터 갑작스럽게 경보음이 울리기 시작했다.

탐사선의 표면에 정체를 알 수 없는 액체 방울이 계속해서 충돌하고 있었다. 질량, 밀도, 조성은 물론이고 탐사선에 가해지는 충격량조차 가늠할 수 없었다. 확실한 것은 계속해서 낙하하는 물체가 탐사선의 운항에 모종의 영향을 끼치고 있다는 점이었다. 설상가상으로 지구 대기권 자체가 상당히 불안정한 상태에 놓여 있는 것 같았다. 예상치 못한 외부 요인에 맞서 계획된 착륙 지점에 조금이라도 더 가까이 가기 위해서는 더 많은 계산이 필요했다.

탐사선은 예고된 착륙 지점에서 다소 어긋난 곳에 착륙했다. 엄밀히 말하면 불시착이라고 할 수 있었다. 그나마 다행이라고 할 수 있는 것은 탐사선이 파괴되지 않았다는 점이었다. 그러나 탐사선이 안전하게 착륙했다는 것을 확인한 후에도 탐사대는 좀처럼 기체에서 내리지 못했다. 처음으로 걸어보는 땅, 매뉴얼 없는 임무, 서로 다른 색채와 결을 지닌 감정들. 그들은 곧 그들 세대의 인간이 단 한 번도 걸어본 적 없는 땅을 걸어보게 될 것이었다.

해치의 문이 열리고, 유닛이 지표면에 닿자마자 내부 디스플레이가 초록색으로 번쩍였습니다. 눈에 보이는 모든 것들이 초록색으로 뒤덮여 있다고 해도 틀린 말은 아니었어요. 지면은 물론이고, 인공적으로 쌓아 올렸다고밖에 볼 수 없는 구조물에도 초록색 덩어리가 잔뜩 엉겨 붙어 있었죠. 단 한 번도 본 적이 없는 광경이었어요.

솔직히 말하면 처음에는 불시착 때문에 디스플레이에 문제가 생긴 것이라고 생각했어요. 그게 아니라는 사실을 알게 된 것은 모든 탐사 유닛이 같은 현상을 호소했기 때문이었지요. 스크린의 명도를 이리저리 조절해보았지만, 눈에 보이는 것은 여전히 초록색뿐이더군요.

한참 후에 주변 환경에 눈이 익숙해지고 나니까 그제야 그게 그냥 하나의 덩어리가 아니라는 사실을 알 수 있었어요. 어떤 것은 길게 뻗어 있었고, 어떤 것은 넓적했지요. 작고 부드러워 보이는 것들과 크고 선명해 보이는 것들이 있었고, 그것들은 모두 조금씩 다른 녹색을 띠고 있었어요. 이상한 느낌이었지요. 그리고 그 틈새로 조금씩 보이는 망가진 건축물들. 아마 사진으로 보셔서 어떤 광경인지는 알고 계실 거예요. 그래요, 그건 뭐라고 하면 좋을까, 압도적이었어요.

그 초록색 물체들이 무엇인지 알게 된 것은 본선에 남아 있던 오퍼레이터 덕분이었어요. 식물이야. 그가 말했죠. 저는

46

그걸 조종석 근처에 설치된 스피커를 통해서 들었고요. 노이즈가 너무 많이 섞여 있어서 음질이 굉장히 좋지 않다고 생각했던 것이 기억나요. 어딘지 기괴한 느낌도 있었죠.

자세히 살펴보니 식물들이 조금씩 흔들리고 있었어요. 덩어리 자체가 흔들리는 것이 아니라 덩어리의 작은 부분이, 그리고 그것보다 더 작은 부분이 조금씩 떨리고 있더군요. 그제야 하늘에서 떨어지는 액체 방울이 있었다는 사실을 기억해낼 수 있었어요. 그것은 산소와 수소의 화합물과, 약간의 무기질로 이루어져 있었습니다. 끊임없이 바스락대는 소리가 들렸어요. 백색 소음과 비슷한 느낌이기도 했지요. 네, 비가 내리고 있었어요.

첫 탐사는 나름대로 성공적이었다. 지구의 환경은 어느 정도 생명 친화적으로 변해가고 있는 듯했다. 무엇보다도 식물이 다시 자라기 시작했다는 것이 가장 큰 증거라고 할 수 있었다. 또, 그것은 국지적인 현상이 아닌, 행성 전체에 걸쳐서 일어나는 현상으로 보였다. 물론 오랜 시간을 거치면서 변종되었을 가능성을 지울 수는 없었지만, 그럼에도 불구하고 지구 생태계가 그 모습을 복원해가고 있다는 것은 희망적인 증거라고 할 수 있었다.

오히려 문제가 되는 것은 기상 조건이었다. 지구 자전 주기로 약 90일의 탐사 기간 동안 비가 내리지 않는 날이 없었다. 비가 내리는 양상 역시 불규칙적이었다. 가늘고 촉촉한 비가 잔잔하고 길게 내리는 날이 있는가 하면, 마치 양동이로 쏟아붓듯이 물벼락이 내리꽂히는 날도 있었다. 예상치 못한 시간에 갑자기 폭우가 쏟아져 내리다 한순간에 잦아드는가 하면, 강풍을 동반한 가는 비가 끝없이 쏟아지는 날도 있었다.

그러다 보니 지표면은 항상 젖어 있었다. 한 걸음씩 내딛을 때마다 지면의 푹신하고 질척이는 느낌이 그들을 괴롭혔다. 썩은 것 위에는 덜 썩은 것, 덜 썩은 것 위에는 곧 썩을 것들. 움직이려고 할 때마다 진흙이 이리저리 튀었고, 이파리들이 뒤섞이고 달라붙었다. 말라붙은 진흙 알갱이들은 보호 장비의 미세한 틈 사이로 파고들어서 자잘한 고장을 일으키곤 했으며, 몰아치는 빗방울과 달라붙는 이파리가 시야를 가리는 일 역시 다반사였다. 기상 조건을 고려한 전반적인 계획의 세밀화 및 장비의 전반적인 개선이 필수적이었다.

그것이 1차 탐사팀이 작성한 보고서의 주된 내용이었다. 그들은 보고서의 내용이 앞으로의 탐사에 큰 도움이 될 것이라고 믿어 의심치 않았다. 어쩌면 정말로 인간이 지구로 되돌아오는 날이 올 수도 있을 것이었다. 탐사 대원 중 누구도 보고서가 반려될 것이라고는 꿈에도 생각하지 못했다.

행성 연합의 답변으로부터 읽어낼 수 있는 사실은 그리 많지 않았다. 어째서인지 함장은 알고 있는 사실들을 말하고 싶어 하지 않는 것 같았다. 함장의 태도를 두고 탐사 대원들 사이에서 여러 의견이 분분했다. 어쩌면 복귀 프로젝트 자체에 대한 반대 여론이 커진 것일 수도 있었다. 그렇다고 한들

보고서 내용 자체를 뜯어고쳐야 한다는 요구는 쉽사리 받아들일 수 없는 것이었다. 탐사 대원들은 더 많은 정보를 요구했으나 함장의 답변은 일관적이었다. 연합과의 교신이 원활하지 않다는 것이었다.

이대로 프로젝트 자체가 무산되기를 바라는 사람의 말과 상황이 바뀌기를 바라는 사람의 말이 공기 중에서 섞이고 흩어졌다. 그러나 어떤 말을 주고받든, 그들에게 주어진 선택지는 없었다. 그들은 남은 비행 기간을 보고서를 뜯어고치는 것으로 보냈다. 단정적인 문장들은 덜 단정적인 것으로, 명확한 지칭은 덜 명시적인 것으로, 주장하는 문장들은 가능성을 언급하는 문장들로 다시 씌어졌다. G는 자신의 파트너가 보고서를 작성하다 말고 피곤에 찌든 눈빛으로 허공을 멍하니 응시하는 모습을 자주 발견하곤 했다.

저는 그가 흔하디흔한 복귀주의자들 중 한 명일 것이라고 생각했어요. 근거 없는 막연한 믿음만으로 살아가는 사람들이요. 충분히 그렇게 생각할 만했던 것 같아요. 보고서가 반려되었다는 소식에 침울해한 건 탐사 대원 모두가 마찬가지였지만, 그는 유독 힘들어하는 것 같았어요. 식사 시간에 종종 탐사 대원들끼리 프로젝트의 향후 방향에 대해서 논의하곤 했는데, 그는 그런 대화에 단 한 번도 끼어든 적이 없었거든요. 배급된 식사를 마치고, 아무 말 없이 자기 개인실로 돌아가곤 했죠. 그래요, 그는 우울해 보였어요. 그때만 해도 그가 위험한 사람이라는 생각은 들지 않았지만요.

어쩌면 카운슬링이 필요한 것은 제가 아니라 그였을지도 모르겠다는 생각이 드네요. 하지만 잘 알고 계신 것처럼, 지구 복귀 프로젝트는 예산 배정 과정부터 문제가 많았어요. 제대로 된 예산이 배치된 적이 없었죠. 연합 연구소가 주체가 되는 프로젝트라고는 생각할 수 없을 정도였어요. 네, 당연히 상담의가 배치된 적도 없었어요. 지금 앉아 계신 그 자리는 오랫동안 명찰만 놓여 있곤 했으니까요. 알아요. 규정에 위배되는 일이었죠. 하지만 규정에 어긋나는 일은 밥 먹듯이 일어나곤 했으니까요. 딱히 누군가를 비난할 수도 없는 노릇이었죠. 그래요, 어쩌면 제가 더 자주 말을 걸었어야 했는지도 모르겠네요. 저는 그의 파트너였거든요. 하지만 불안하고 초조한 것은 저 역시 마찬가지였어요. 그 시기에 탐사대에 참가했던 이들은 누구라도 그랬을 거예요. 네, 그래요. 저도 어쩔 수 없었다는 말을 하고 싶은 것 같네요.

그렇지만 단적으로 말해서, 그는 탐사 업무에 어울리는 사람은 아니었다고 생각해요. 책상 앞에서라면 완고하고 진지한 성품이 도움이 되기도 하겠지요. 수많은 과학자가 수십 년을 매달린 난제를 풀고 싶다든가 하는 경우라면 그런 성격이 분명히 도움이 되는 부분이 있을 것이라고 생각해요. 하지만 잘 아시다시피, 지난 세기에 난제라고 불렸던 것들은 대부분 해결되어버리고 말았죠.

이제 우리에게 중요한 건 눈앞의 일들이에요. 어떻게 하면 태어난 아이들의 생존율을 높일 수 있을 것인가, 행성 연합의 모든 행성에서 호환 가능한 호흡용 공기 팩을 구성하는 것이 가능할 것인가, 연합 유지파와 연합 해체파의 갈등을 어떻게 해소할 것인가, 행성 간 이주자의 적응 문제를 어떻게 해결할 것인가, 이런 것들 말이에요. 그는 모든 문제를 지나치게 근본적인 관점에서 접근하는 성향이 있었고, 그래서 우리는 자주 충돌했어요. 하지만 그건 어디까지나 관점의 차이 때문이었다는 것을 확실하게 밝혀두고 싶네요.

어쨌든 다른 대원들이 보기에는 매우 사이가 안 좋은 것 같았을 거예요. 겉으로 보기에는 사적인 대화를 거의 나누지 않았고, 업무적으로는 크게 의견이 갈린 데다가 제가 일방적으로 언성을 높이는 일이 잦았으니까요. 그렇지만 겉으로 보기에 그랬다고 해서 제가 그에게 위해를 가했다고 확신할 수는 없지 않을까요.

탐사를 재개할 수 있을 때까지는 적지 않은 시간이 걸렸다. 문제는 산소였다. 지표면을 장악한 식물들은 끊임없이 산소를 내뱉었다. 그로 인해 지구 대기권의 공기 조성은 과거의 어느 시기와도 똑같지 않았을뿐더러, 인간이 이주한 행성들과도 유사하다고 할 수 없었다. 게다가 오랜 우주 생활을 거치면서 인간의 육체는 산소를 호흡하지 못하는 방향으로 변해가고 있었다. 그 말은, 현재 지구의 환경이 인간에게 위협적일 수도 있다는 뜻이었다.

그런 환경에서 유인 탐사를 강행하는 것이 과연 적절한 가에 대한 의문이 끊임없이 제기되었다. 연합인들이라면 누구나 프로젝트에 대해서 제 나름의 의견을 가지고 있었고, 그것을 표현하기를 주저하지 않았다. 연합 정부와 연구소는 긴 협상에 들어갔고, G는 마주치는 사람들로부터 장래의 전망에 대해 걱정과 조롱이 섞인 말들을 들었다. 그러나 정작 1차 탐사팀이 작성한 보고서는 일반에 공개된 적이 없었으며, 정확히 누가 무엇을 반대하는지 역시 알려지지 않았다. G는 프로젝트가 곧 무산될 것이라고 생각했다. 아니, 프로젝트가 무산되기를 바라는 쪽에 가까웠다. 지구에서 무엇을 발견한들 그 성과는 적극적으로 축소되고 폄하될 것이 분명해 보였다. G는 그런 일에 스스로를 소모하고 싶지 않았다.

그러나 결국 지구 복귀를 위한 탐사 프로젝트는 재개되었다. 예산과 규모를 훨씬 줄인다는 조건이 부여된 채였다. 실제 탐사 인력은 대부분 경력이 짧은 신입 연구원들을 중심으로 편성되었다. G가 그 인원에 포함된 것은 당연한 일이었다. 1차 탐사에서 G의 파트너였던 Q 역시 탐사대에 포함되어 있었다. 그들은 연구소의 프로젝트에 참여할 때마다 늘 그랬던 것처럼, 탐사 과정에서 발생하는 각종 위험을 감수하겠다는 서약서에 서명해야 했지만, 서약서의 문장들은 이전과는 다르게 읽혔다.

비가 내리는 지표면에 착륙하는 것은 쉽지 않은 일이었다. 그것은 대기권에 진입하는 순간부터 지상에 착륙하는 순간까지 끊임없이 울리는 충돌 경보음에 익숙해져야 한다는 것을 의미했다. 또, 그 사이로 간신히 들려오는 동료의 목소리를 구분하는 능력을 갖추게 된다는 뜻이기도 했다. 그와 동시에, 이미 결정된 좌표와 경로를 마구잡이로 수정하다 못해 결국에는 아무 계획이 없는 것이나 마찬가지인 상태로 착륙하는 일에 무감각해진다는 뜻이기도 했다. 그 위에서 무엇이 가능하고 무엇이 불가능한지 발견하는 것은 온전히 그들의 몫이었으나, 자신의 몫에 대한 소유권을 적극적으로 주장하는 사람은 없었다.

탐사대가 버려진 온실을 발견한 것은 그들이 착륙 지점을 결정한 과정만큼이나 우연이었다. 처음에는 그것이 온실이라는 사실을 알아볼 수조차 없었다. 오랜 시간 퇴적되어 굳어진 먼지 층 아래에 유리로 추정되는 물질로 만들어진 벽이 있었고, 녹슨 철골 구조물이 그것을 지탱하고 있었다. 통행을 목적으로 남겨놓은 듯한 일부 지대를 제외하고는 돌을 괴어서 구획을 지어놓았다는 점이, 그들이 탐사에서 발견한 다른 건축물들과 확연히 다른 부분이었다. 그러나 그것이 어떤 목적으로 지어진 건물인지는 그들의 관심사가 아니었다. 그것은 오래전에 지구를 떠난 사람들이 미처 가지고 가지 못한 흔적에 불과했다.

하지만 그들의 탐사는 흔적에 대한 탐사이기도 했다. 탐사 과정은 대부분 대재난 이전의 기록들과 현재의 상황을 비교하고 확인하는 것으로 이루어졌다. 계측과 관측, 기록, 결론을 얻어내기 위한 긴 토론. 어디에 착륙하든 그들이 보는 광경은 크게 다르지 않았다. 빗속에서 빽빽하게 자라나는 식물들, 끊임없이 떨어지는 빗방울로 인해 둥글게 파이고 깎여 나간 석조 구조물들, 얼굴이 사라진 조각상, 무늬가 없는 기둥. 생명의 가능성에 대한 유의미한 발견을 하기 전에 그들은 인간의 흔적을 더 많이 발견했고, 인간의 흔적을 집어삼킨 식물들은 그보다 더 자주 마주치곤 했다.

그러나 발견된 사실들, 확인된 내용을 기록으로 남기는 것은 또 다른 차원의 문제였다. 탐사대는 이미 무엇을 남기고 무엇을 삭제할 것인가, 무엇이 받아들여지고 무엇이 버려질 것인가를 신경 쓰고 있었다. 무엇이 그들의 업적이 되고 무엇이 그들의 과오가 될 것인가? 아무도 확신할 수 없었다. 무엇이든 너무 쉽게 지워질 수 있다는 사실을 그들은 이미 경험을 통해서 잘 알고 있었다. 그런 까닭에 탐사 기록은 대부분 공백으로 남았다.

가장 먼저 버려진 온실에 관심을 보인 것은 그였어요. 그 지역에는 유독 버려지고 파괴된 온실이 많이 남아 있었습니다. 아마도 식물원이 있던 자리 같았어요. 그는 온실 밖에 자라던 야생의 식물들로부터 종자를 채취해서 온실에 심기 시작했습니다.

처음에는 다들 그것을 신기하고 재미있는 놀잇감이라고 생각했어요. 네, 실험을 하겠다는 생각을 하는 사람은 없었죠.

54

그도 자신이 실험을 하고 있다고는 생각하지 않는 것 같았고요. 탐사 대원들은 각자의 방식으로 Q를 도우려 했어요. 온실 외벽에 붙은 이물질을 제거하는 것은 쉽지 않은 일이었지만, 내부에 설치되어 있던 인공조명을 수리하거나 온도 유지 장치를 다시 가동시키는 것, 내부 배선을 점검하고 환기 장치를 만드는 것 정도는 탐사 대원이라면 누구라도 간단하게 할 수 있는 일이었거든요.

초반에는 실패를 겪기도 했지만, 한번 적절한 환경이 조성되고 나니까 식물들은 금방 무섭게 자라나더군요. 다들 즐거워하는 것 같았어요. 좌천당했다는 생각에 모두 무기력한 상태에 빠져 있었거든요. 탐사 대원들은 식물 재배에 기여함으로써 사소한 성취감을 얻는 듯했어요. 얼마 지나지 않아 모두가 경쟁적으로 식물들이 더 잘 자라게 할 만한 아이디어를 내놓기 시작했죠.

아뇨, 저는 단 한 번도 식물 재배에 참여한 적이 없었어요. 제가 굳이 손을 대지 않아도 식물들은 잘 자랐으니까요. 제게는 그 모든 것이 현실 도피로밖에 보이지 않기도 했고요. 동료들을 마주칠 때면 식물 재배에 대해서 물어보기도 했지만, 그건 친교를 위한 것 그 이상도 그 이하도 아니었어요.

하지만 식물 재배는 단 한 번도 결과를 내놓은 적이 없었어요. 꽃을 본 적도 없었고, 식용으로 섭취할 수 있을 만한 열매를 얻은 적도 없었죠. 탐사는 길어봐야 지구 시간으로 반년을 겨우 넘는 수준이었으니까요. 건기에 지구에 머무르는 건 그리 좋은 생각은 아니거든요. 인간은 쉽게 지치고 기계는 빠르게 과열되곤 하지요. 탐사 대원들은 건기 탐사의 필요성을 지속적으로 건의했지만 대체로 각하되기 일쑤였어요. 결국 탐사는 항상 우기에 이루어졌죠. 착륙 지점은 탐사 때마다 조금씩 달라졌지만, 탐사 대원들은 잊지 않고 온실을 방문하곤 했어요.

가장 먼저 온실을 확인하러 가는 건 언제나 그였어요. 그럴 때 그를 따라가는 사람은 아무도 없었죠. 다들 처음으로 온실을 다시 방문했을 때의 일을 잊지 못해서였어요. 새까맣게 썩은 이파리와 축 늘어진 가지, 말라비틀어진 풀잎과 부패한 유기물이 내뿜는 냄새를 감수하려는 사람은 아무도 없었어요. 어떤 조치를 취해도 마찬가지였어요. 건조한 공기와 인공조명이 내뿜는 열기, 지나치게 높은 산소 농도. 온실 밖에 있는 식물들과는 완전히 다른 조건이었죠. 이렇게 말하면 어폐가 있을지도 모르겠지만, 식물들이 질식사한 것처럼 보이기도 했어요.

그는 혼자 온실을 청소했어요. 죽은 식물들을 뽑아내고, 땅의 상태를 고르고, 조명과 온도 조절 장치를 점검하고, 식물 재배를 위한 준비를 다시 시작하는 거죠. 그러고 나면, 깨끗해진 온실에 식물을 다시 심고, 그것들을 정성껏 가꾸었습니다. 마치 아무 일도 없었다는 듯이요. 어느 정도 식물들이 자라고 나면 그제야 나머지 탐사 대원들이 온실을 방문하기 시작했어요. 그리고 똑같은 과정이 다음 탐사 때마다 반복되곤 했죠. 제 눈에는 마치 죽이기 위해 살리고 살리기 위해 죽이는 것처럼 보였습니다.

구조대가 도착했을 때, 탐사대의 상황은 알려진 것보다는 양호했다. 조직적으로 남은 식량을 파악하고 자원을 적절하게 배분한 덕분이었다. 대원들은 다소 심리적으로 지쳐 있고 상당히 굶주린 상태였지만 건강상의 큰 문제는 없는 것처럼 보였다.

그들은 곧 행성 연합 복귀를 위한 우주선에 태워졌다. 복귀 비행은 그들이 겪어온 그 어떤 비행보다도 안락했다. 가장 놀라운 것은 연합의 소식이 실시간으로 전달된다는 점이었다. 복귀 비행에서의 첫 식사 시간에 그들은 처음으로 지구 복귀 프로젝트에 대한 연합의 여론이 바뀌어가고 있다는 사실을 알게 되었다. 1차 탐사의 결과가 대대적으로 축소되었다는 사실이 밝혀진 것이었다. 또한, 그들은 그 결정이 연구소 임원들에 의한 것이었다는 사실을 알게 되었다. 인간의 지구 복귀는 그들의 이해에 반하는 것이었다. 프로젝트 전체에 대한 전면적인 조사가 시작될 것이라는 소식이 전해졌다.

잠들 수 없는 밤이면, G는 아무도 없는 라운지로 나와 연합의 보도 영상을 반복해서 시청했다. 익숙한 내용이었다. 우주 공간에서의 호흡을 위해서는 각 행성의 대기 조성에 맞춘 공기통이 필요했다. G는 탐사대의 그 누구와도 같은 공기를 호흡할 수 없었고, 그것은 그 역시 마찬가지였을 것이다. G에게 배급되는 공기 탱크 속에 담긴 공기의 조성은 지구의 그것과 유사했다.

G는 그가 죽인 식물들을 생각했다. 온실에는 언제나 여분의 화분이 있었다. 그의 온실을 둘러보고 나올 때마다 G는 아무도 모르게 헬멧을 벗고 걸었다. 차가운 공기가 살갗에 닿는 느낌. 새삼스럽게 느껴지는 뼈의 위치. 물방울이 떨어져서 코끝에 맺히고, 굴러떨어졌다. 끊임없이 들려오는 백색 소음, 그리고 풀 비린내. 그리 발달하지 않은 후각으로도 충분히 느낄 수 있는 냄새였다. 그럴 때마다 G는 자신이 어디에 서 있는지 알 수 있을 것 같았다.

G는 손을 뻗어 얼굴이 있을 법한 위치를 더듬었다. 축축하게 젖은 살갗이 만져졌다. 신선한 느낌이었다. 조금씩 숨이 차올랐다. 이제 곧 숨이 가빠질 것이었고, 호흡이 어려워질 것이었다. G는 숨을 몰아쉬기 시작했다. 괜찮아? G에게 말을 거는 사람이 있었다. G는 급하게 헬멧을 뒤집어썼다. 그러나 그는 이미 G의 등 뒤에 서 있었다. 호흡 보조 도구에 가려진 그의 얼굴이 일그러지는 것을, G는 보지 못했다.

그는 정말로 죽은 걸까요? 아무도 그의 시체를 발견하지 못했어요. 우리가 알고 있는 건 그가 낙오되었다는 사실, 그리고 아직 그를 찾지 못했다는 사실뿐이에요. 어쩌면 그는 지구에 살고 있을지도 몰라요. 그는 인간의 지구 복귀가 충분히 가능하다고 믿고 있었으니까요. 저와는 줄곧 갈등 관계에 있기는 했지만, 그는 유능한 과학자였고, 총명한 기술자였어요. 아마도 그라면 지구에 다시 적응할 방법을 찾아냈을지도 모르는 일이죠.

그들이 지구를 떠나고 머지않아, 낙오자를 찾기 위한 탐사대가 출발했다는 소식 역시 전달되었다. 민간 우주 항공사가 탐사선을 제공했다는 소식이었다. 그를 찾기 위한 탐사는 그가 마지막으로 발견된 곳, 그의 온실을 중심으로 이루어졌다. 그가 가꾸고 키운 식물들은 수분과 영양분, 빛을 적당히 공급받아 새파랗게 빛나고 있었고, 그 모습은 행성 연합의 각 도시 구석구석으로 전달되었다. 그의 온실과 베이스캠프를 비롯한 그 지역 전체에 대한 꼼꼼한 조사가 행해졌지만, 깨진 화분들 외에는 발견된 것이 없었다. 화분의 절단면은 그것이 외부 사물과의 강력한 충돌로 인해 파괴되었음을 시사하고 있었다.

식물들은 끝없이 산소를 내뱉고 있었고, 그것은 유해했다.

실패한 여름휴가

언젠가부터 나는 내가 스스로가 아닌 무엇을 연기하고 있다는 믿음에 사로잡혀 있었으나, 어느 순간 나는 내가 온전히 나였던 적조차 없었다는 사실을 깨달았다.

책상 위에 두고 온 티켓을 생각하지 않는다. 아직 손대지 않은 책들에 대해서 생각하지 않는다. 가장 아름다운 표지를 가진 책, 그리고 전혀 아름답지 않은 이야기들을 가진 책. 어떤 이야기는 읽지 않았을 때 가장 매력적이고, 어떤 영화는 포스터만 보았을 때 가장 매혹적이고, 저주는 이루어지지 않은 채로 남아 있을 때 가장 두려운 법이라서, 나는 읽지 않을 책과 보지 않을 영화들 사이를 적극적으로 헤매고,

부서지는 유리 조각들을 받아 삼키고 싶다. 색색의 유리 조각을 잔에 담아 빛이 굴절하고 반사하는 것을 지켜보고 싶다. 그 위에 차가운 물을 부어, 마치 평범한 음료수처럼 죄다

삼켜버리고 싶다. 단면이 식도를 찢을 것이다. 사소한 생채기들, 파열의 전조들이 모여 모세혈관을 찢어놓을 것이다. 쇠의 맛이 날 것이다. 혈관과 혈액과 혈장, 혈소판, 혈구, 철분과 헤모글로빈, 나는 생물 시간에 들은 적 있는 단어들을 두서없이 생각하고, 빛나는 것들이, 아니, 그 자신으로서는 빛날 수 없는 것들이 나를 내부로부터 파괴하는 것을 상상하고, 기분이 좋아진다. (그러나 그런 일은 일어나지 않을 것이다. 유리 조각을 채 삼키기도 전에 나의 목이 그것을 거부할 것이다. 나는 그것을 채 삼키지 못하고 토할 것이다. 나의 의사와 관계없이 수축하거나 이완하는 근육, 내가 이해할 수 없는 방식으로 작동하는 기계.)

도무지 온점을 쓸 수 없는 나날이 반복되고 있다, 점도를 잘못 맞춘 반죽처럼 툭, 툭 끊어지는 나날, 그것을 굽는다고 한들 원하는 것을 얻을 수는 없을 것이다. 반박하고 싶고, 반발하고 싶다. 음악을 듣지 마, 그림을 그리지 마, 말을 하지 마. 아무것도 쓰지 마. 무엇도 적절하지 않다. 낡은 1인용 욕조에서 물고기가 헤엄치고 있다. (혼란으로 가득 찬 말 가운데 무엇이라도 드러나는 것이 있기를 바라지 않는다.)

*

끝나지 않거나 없어지지 않을 것 같은 것이 그 자리에 분명히 있고, 나는 진공의 고통을 생각한다. 어릴 적에 텔레비전에서 진공 상태에서 부풀어 오르다가 끝내는 터져버리는 마시멜로의 영상을 본 적이 있다. 점점 자포자기하게 되는 것 같다. 사소한 흔적들이 쌓이는 것을, 어긋나게 쌓은 나무 블록이 약간의 바람에 위태롭게 흔들리는 것을 숨을 죽인 채 지켜보고 있는데, 내가 그러모은 조각들은 한없이 사소하고 또 보잘것없고 약간 더러운 것들이 묻어 있어서, 무엇이든 가장하거나 가정하지 않으면 드러낼 수 없거나 말할 수 없는 것들이 있고, 고통의 실체에 대해서 똑똑히 기록한 사람은 아무도 없어서 나는 아무것도 참고할 수가 없다. 그것은 때로 뇌신경의 작용이고 때로는 근육의 과도한 수축이나 이완의 결과물이며 때로는 산성의, 혹은 염기성의 물질로 인한 표면의 변화이기도 한데, 멀리서 들리는 목소리, 어디 있어, 어디로 갔어? 그러나 누구의 목소리도 들리지 않았다. 다만 혈관에 미상의 액체가 흐르고 있을 뿐인데,

이 방은 굉장히 작다. 언뜻 보기에도 잘못 지은 건축물이라는 생각이 든다. 찌그러진 사각형 모양의 바닥, 억지로 욱여넣은 가구들. 창문이 없어서 빛이 들지 않는다. 테이블과 옷장, 침대, 그리고 캐리어를 놓는 것만으로도 꽉 차는 바닥. 나는 화장실 문을 열어본다. 염소계 표백제의 냄새가 난다. 그러나 표백된 것은 하나도 없고, 나는 슬리퍼를 신지 않은 채로 화장실에 들어선다. 타일이 차갑다. 움푹 팬 줄눈과 나의 발바닥 사이의 틈새가 아무래도 꺼림칙하다. 나는 욕조에 누워서 천장을 바라본다. 본 적 없는 무늬의 타일, 마감재, 환풍기, 그것은 누

렇게 변색되어 있다.

창문이 없는 방에서는 창밖을 내다볼 수 없고, 그러나 나는 아무래도 창밖의 풍경을 보고 싶기 때문에 방문을 열고 나가 계단을 오른다. 옥상으로 가는 문은 잠겨 있지 않다. 녹색의 철문은 낡을 대로 낡아서 조금이라도 잡아당기거나 밀 때마다 날카로운 소리를 내고, 쇳소리가 살갗을 찢는 것 같아서 나는 그것을 반갑게 여긴다. 나는 옥상에서 거리를 내려다본다. 이 건물은 주거 지구 안쪽에 있고, 철제 난간 밖으로 몸을 길게 빼면 골목마다 달리는 사람들을 볼 수 있다. 그들의 복장은 다양하다, 그러나 그들은 모두 일정량 이상의 체액을 공기 중에 흩뿌리고 있고, 공기가 뜨겁다, 돌아보는 골목마다 무엇인가 끊임없이 움직이고 있다. 나는 옥상에서 내려온다. 계단이 가파르다. 자칫하면 굴러떨어져서 머리가 깨져버리고 말 것이다.

장면들, 사라지거나 없어지기 쉬운, 그러나 어디에도 가지 않고 그 자리에 남아 있는 장면들, 방문을 열자 뜨끈한 빛이 가득하다. 모든 것이 그저 묵직하다. 나는 낡은 침대를 향해 천천히 걸어가면서, 독극물에 대해 생각하지 않는다. 어떤 고통은 기꺼이 참을 수 있을 것이다. 쓸어 올라가고 쓸려 내려가고, 손가락이 스치거나 만지는 것, 베갯잇이 바스락거리는 소리를 낸다. 마음이 편하지 않다. 그러나 나의 물리적 실체가 여기에 있고, 나는 유체 이탈이라는 오래된 꿈을 그런 꿈을 꾸었던 아직도 그런 꿈을 꾸고 있는 스스로를 비웃으면서 그저 누워 있을 뿐인데, 내 몸을 짓누르는 공기, 끈적끈적하게 달라붙는 살

갖, 습기, 아직도 골목을 달리고 있는 사람들, 그들이 더하는 이산화탄소,

표면이 마찰한다, 생각과 생각이 갈등하는 지점, 피부와 피부가 쓸려나가는 그 부분. 땀이 흐른다. 흘러내린다. 꼿꼿하게 돋아 있는 솜털을 거스르고, 중력을 따라 흘러내리는, 약간의 염분을 지닌 액체. 공기를 이루는 분자 하나하나의 무게까지도 피부로 전해지는 것 같다, 비 오는 여름날에 나는 낡고 깨끗한 침구에 몸을 파묻은 채로 저주나 살인이나 죽음이나 미움이나 적의나 원한에 대해서 조금도 생각하지 않는다.

이 방은 일반적인 주택 건물의 6층이고, 한 층의 높이가 약 3미터라고 할 때 나는 지상에서 약 15미터 떨어진 지점에서, 약 17미터 높이의 눈높이를 유지하며, 아니, 나는 지금 누워 있으니까 지상으로부터 약 15미터의 높이를 유지하고 있는데, 그러나 나의 계산은 부정확할 것이다, 아무려나 1미터 혹은 2미터의 차이가 누군가의 목숨을 살리거나 빼앗거나 하는 일에 큰 영향을 미치지는 않을 것이다. 이것도 나의 안일함, 나의 무신경함, 나의 무기력함, 의지 없음. 내가 소유하는 길지 않은 목록.

언제 들어왔는지도 알 수 없는 네가 나가자고 말을 한다. 나는 몸을 일으킨다. 서로 달라붙어 있던 살갗이 쩌억 소리를 내며 떨어진다. 주름진 것들이 주름진 채로 남겨진다. 가까운 곳에 바다가 있대, 그러나 나는 움직이고 싶지 않고, 하지만 동시에 움직이고 싶기 때문에 그저 이 공간에 부재하고 싶기 때

문에 너를 따라서 걷는다, 가파른 계단을 내려간다. 골목은 좁고, 우리는 유령처럼, 그저 유령처럼, 서로의 손을 영원히 잡을 수 없는 것처럼 말없이 걷는다.

모든 모퉁이는 서로 닮은 것 같고, 모든 담은 같은 표정을 하고 있는 것처럼 보이는데, 담벼락의 한 면을 이루는 벽돌의 개수마저도 동일한 것 같아서, 길을 잃을지도 몰라, 나는 걱정하지만 섣불리 입을 열지 않는다. 있던 곳으로 되돌아갈 수 없는 휴가는 휴가가 아니지, 그런데 내가 휴가를 가고 싶기는 했던가, 걱정이 어디를 맴돌고 있는지 알 수 없다, 아니, 거짓말이다. 나는 그저 멀리 물러서 있고 싶을 뿐이다. 가장 가까운 곳에서 가장 멀리 떨어져 있고 싶을 뿐이다. 개입하고 싶지 않다. 너를 어떻게 해야 좋을지, 어떻게 하면 좋을지 모르겠다. 다만 네가 숨을 쉬고 있다, 네 호흡이 위협적이다. 그것의 습기가, 온도가, 밀도가 위협적이다. 눅눅하고 눅눅한 것들.

접착 면 사이에 끼인 이물질이 선명하게 느껴진다. 나는 이런 적의를 가져본 적이 없는 것 같은데, 적의는 그 이름과 달리 뭉뚝하고 부드러우며 둥글게 덩어리져 있어서, 나는 입안에서 캐러멜을 녹이는 것처럼 그것을 조심스레 매만진다. 어쩐지 달콤한 맛이 입안에 감도는 것 같기도 하다. 상상으로만 맛볼 때 가장 맛있는 것, 바람이 분다. 뜨겁고 습기 찬 바람이다. 멀리서 먹구름이 일고 있다. 모래가 매트 위로 굴러온다. 네가 그것을 털어낸다. 저기에 뭐가 있는지 보고 올게, 네가 일어나서 걷기 시작한다. 반쯤 비어 있는 유리병이 모래사장 위에 나동

그라져 있다. 네가 마시던 것이다. 라벨을 읽을 수 없다.

감정이, 단어들이, 인지 작용이, 공기의 분자가, 비닐 찌꺼기가, 아직 부화하지 않은 바다 생물의 알이, 죽었는지 살았는지 알 수 없는 해초들이 이리저리 얽혀 있다, 네가 그것을 발로 차면서 걷고 네가 걸음을 옮길 때마다 모래가 신발 속으로 흘러 들어간다. 미세한 고통, 작고 예리한 단면이 네 살갗에 얇은 손상을 입힐 것이다. 너는 그것을 무시하며 걷고, 그러나 그리 멀리 걷지 못하고 신발을 벗는다. 네 손에 들린 가벼운 천으로 된 신발 한 켤레와, 네가 기우뚱거린다, 바닥은 충분히 안전하지 않다. 그런데도 너는 그것이 부드럽다고, 안전하다고, 따스하다고 느끼고, 그러나 네 발에는, 네 살갗에는 미세한 균열이 생겨날 것이다, 모래가 여전히 뜨겁고, 날카롭게 빛을 반사한다. 충분히 곱게 갈린 유리 조각과 모래를 분간할 수 없다.

당초에 우리는 수영장에 갈 계획이었다. 차갑고 맑은 물이 끊임없이 흘러들고 다시 흘러 나가버리는, 그래서 언제나 동일한 맑음과 선명함을 유지하는 밝은 청색 타일이 깔려 있는 수영장에 갈 계획이었다. 그러나 어째서인지 우리는 쇠락한 해변 마을에 와 있고, 나는 네가 놓고 간 유리병을 이리저리 굴려본다, 푸르고 노란 하늘과 주황색 유리병, 나는 실수인 듯 그것을 엎어버릴 것이다. 수영장의 차갑고 푸른 물속으로 토마토주스가 섞여 들어간다. 그러나 수영장의 물은 끊임없이 넘치고 흘러들어 오기 때문에 물은 탁해지지 않을 것이다, 나는 그저 차가운 물 위에 둥둥 떠서 하늘을 볼 것이다. 아니, 빛이 너무 강해서 아무것도 볼 수 없을 것이다. 축축한 머리카락, 소독약 냄새, 깨진 유리병의 파편, 눈이 너무 따가워서 누군가의 비명 같은 건 들리지도 않을 것이다.

네 안경을 부수고 싶다, 네 입술을 뭉개버리고 싶다. 네 입술의 흡입력을 무력하게 만들고 싶다, 호흡을 멈추게 하고 싶다, 이상적인 사각형의 풀장 바깥에 앉아 물이 흘러넘치고 흘러드는 것을, 왜곡 없는 푸른 사각형의 표면을 한없이 바라보고 싶다. 네가 붉은색 복서 팬츠를 입었으면 좋겠다고 생각한다. 수영장 안에서 컬러 렌즈를 잃어버리고 싶다. 볼품없게 젖어버린 머리카락으로 얼굴의 절반을 가리고, 파랗고 검은 눈으로 너를 돌아보고 싶다.

*

잘못 배운 기호들과 그 의미들, 나는 언제나 부정확한 문장만을 작성할 것이다. 사소한 오타들이, 의미의 차이가, 획이 삐치는 방향이, 미처 줄을 맞추지 못한 글자가, 채 털어내지 못한 지우개 가루가, 잘못 번진 안료가 나를 규정한다. 종이와 잉크의 대비가, 채도 차이가, 명도가 나를 규정하고 나를 빚어낼 것이다.

눈에 보이지 않는 것들이 쌓여 장벽을 이룬다, 나는 언제나 가장 미시적인 것과 가장 거시적인 것을 동시에 볼 수 있기를 원했다, 그렇게만 할 수 있다면 가능한 모든 과오와 의심을 피하는 일이 가능할 것이라고 믿었다. 그러나 그것은 언제나 그 자리에 있다, 결국 도주할 수 있는 경로는 없고, 가장 깊은 무덤을 파는 것은 나 자신이며, 나는 헛발질을 거듭하다 무덤 속으로 추락하고, 잡을 수 있는 것은 없다, 다만 바닥에 못이 박혀 있지 않기를 바랄 뿐이고, 관이 없는 시체, 부패가 예정되어 있는 유기물. 계속해서 실패하는 꿈을 꾼다. 꿈속에서 나는 죽은 물고기의 사체들 사이에 서 있다.

사전에 박탈당한 가능성에 대해서, 함부로 생각하지 않는다. 기억을 믿지 않는다, 기억을 신뢰하지 않는다. 기록을 파기할 것이다, 그것을 손상시킬 것이다. 증거와 증거의 틈을 벌려 더 많은 오해를 쌓고, 잘못 얼려 기포가 생긴 얼음이 되고 싶다. 오로지 오해들로만 설명되고 싶다.

해변에서 돌아오는 길에도 달리는 사람들을 마주쳤다. 그들은 마치 하나의 무리가 하나의 개체인 것처럼 움직였는데, 그들이 동일한 속도로, 매번 같은 팔과 같은 다리를 앞으로 뻗으며 달려나가는 모습을 너는 흥미롭다는 듯이 지켜보았다. 그들이 멀어지고, 너는 여전히 모든 것이 똑같아 보이는 골목을 오래 걸어본 것처럼, 이미 잘 알고 있는 것처럼 걷기 시작하고, 나는 또 말을 걸지 않고 너를 따라서 걸었다.

골목은 직교하는 여러 개의 벽으로 이루어져 있었으며 그 벽들을 이루는 벽돌의 크기는 거의 비슷해 보였기에 어떤 방법으로도 골목의 앞과 뒤를, 혹은 오른쪽과 왼쪽을 동시에 볼 수 있는 방법은 없어서, 도주할 수 있는 경로 또한 찾을 수 없었고, 정면과 이면을 한 번에 보는 것은 물론 불가능했다. 골목과 골목의 개별적인 특징을 판단하려는 모든 시도는 실패로 돌아가기 마련이었고, 어쩌면 애초에 그렇게 설계되어 있는 것처럼 느껴지기도 했다. 우리는 몇 개의 모퉁이를 지나다가 문득 해바라기 화단을 발견했다, 축 늘어진 해바라기들이 심겨 있었다, 그것의 비틀어진 꽃잎을 함부로 만져보지 않았다. 숙소의 문을 열자마자 무거운 빗방울이 떨어지기 시작했다. 우리는 다시 가파른 계단을 올랐다. 방은 여전히 눅눅하고 습기에 가득 차 있었다.

　좁은 방, 알리바이, 깔끔하게 정리되어 있는 침구, 생각이 궤적 없이 움직인다, 그것을 따라잡을 수 없다. 나는 가장 부드러운 천으로, 이를테면 내가 손에 쥐고 있는 이 베갯잇이나 아직 풀지 않은 트렁크에 들어 있는 얇은 스카프로 네 입을 틀어막아버리거나, 아니면 그것으로 네 목을 졸라버리고 싶다고 생각한다. 밀쳐버리거나 처박아버리거나, 임의의 장면들이 떠오르거나 사라지고, 하고 싶은 말은 언제나 정해져 있다. 네가 고통스러웠으면 좋겠어, 내가 고통스러웠으면 좋겠어, 그러나 말들은 잘못 바른 접착제 같고, 나는 접착 면 사이의 까끌까끌한 먼지의 존재를 인지하면서도 마치 아무것도 없는 것처럼 할 줄 아는 문장들만을 되풀이하는데, 괜찮아, 아무렇지도 않아, 다 이해할 수 있어, 하지만 어떤 단어들은 사전에서 누락되어 있어서, 나는 내가 하는 말들을, 쓰는 문장들을 이해하지 못하는데, (오랫동안 '검박하다'와 '범박하다'를 같은 뜻이라고 생각하고 있었다,) 너는 여전히 이 근방의 갈 만한 장소들을 이야기하고 있다. 새로운 것은 없다.

　무엇이든 먹으려면 밖으로 나가야 해, 네가 말한다. 우리는 수영장에 가고 싶었고, 끊임없이 차가운 물이 흘러들고 흘러 나가는 수영장에 가고 싶었는데, 쇠락한 해안 도시 역시 끊임없이 차가운 물이 흘러들고 흘러 나가는 곳이라서 어떤 의미에서 우리는 우리의 목적지에 도달해 있는 셈인데,

　이것이 절망이나 실망에서 비롯된 감정이 아니라는 것을 어떻게 납득시킬 수 있을까. 누구에게 납득시킬 수 있을까, 납득시켜야만 할까. 가벼운 것들이, 혹 불면 날아가버릴 것만 같은 이유들이 층층이 쌓여 있다. 나는 죽음이나 죽음을 닮은 것을 꿈꾸거나 꿈꾸지 않으면서, 그 좁은 틈바구니에 어깨를 나란히 두고 서 있고, 추락도 익사도 내가 원하는 것은 아니다. 오히려 내가 원하는 것은 충돌하지 않는 추락과 숨통이 끊어지지 않는 익사와 절대로 달성될 수 없는 조건들로 이루어지는 저주와 그래서 죽지 않았다고도 죽었다고도 할 수 없는 상태에 이르는 것이고, 아무려나 네가 열심히 걷고 있다. 나는 네 등을 따라 걸으며 때때로 일부러 공사장에 가까운 쪽으로, 일부러 한쪽으로 기운 채로 걸어보지만, 이러한 사실들은 알려지지 않을 것이다, 혹은 쉽게 잊힐 것이다. 누구의 이목도 끌지 않을 것이다. 그것은 지워지지도 덧씌워지지도 않은 채 남아 있을 것이다.

*

　나는 열렬히, 그리고 적극적으로 배신자가 되고 싶다. 배
신을 누적하고 싶다. 실망을, 실패를, 그것이 나를 압사시킬
때까지 누적시키고 싶다, 천천히 묵직하게 짓눌리는 것도 좋
고, 갑작스럽게 예상치 못한 방식으로 으깨져버린다 해도 좋
다, 그리고 압사에 실패하고 싶다, 압사에 실패해서 손목을 긋
거나, 뛰어내리거나, 안구를 뽑아버리거나, 손가락을 뒤틀어버
리고 싶다, 그러나 결과적으로는 아무것도 증명하지 못할 것
이다. 물론 그것은 증명을 목적으로 하는 행위가 아니고, 내게
는 증명해야 할 것도 없지만, 그럼에도 불구하고 나는 부재하
는 증명의 대상을, 그 대상의 존재를 증명할 수 없다는 사실을
불안하게 여기는데, 이곳에 없는 칼을, 터지기 직전의 폭발물
이 도착하는 순간을, 독약이 혈관을 타고 퍼져나가기 시작하
는 순간을, 뜬 눈으로 어둠을 노려보며 기다리는데, 눈을 깜박
거리지 않기가 너무나, 힘이 든다. 시간이 뭉쳐 있다. 아무래도
물을 잘못 맞춘 반죽이다. 이미 그것은 끈적끈적하고, 엎어버
릴 수도 버릴 수도 없다.
　지정된 역할들이 있다. 모든 정황이 준비된다. 그것은 나
를 위한 것이기도 하고 너를 위한 것이기도 하다. 아직 아무도
칼자루를 쥐지 않았다. 네가 천천히 몸을 일으킨다. 네가 어둠
속에서 방 안을 둘러본다. 찌그러진 방 안의 풍경을. 나는 너
를 못 본 척하고 눈을 감는다, 그것이 정해진 절차이다. 한 번

에 하나씩, 어쨌든 무언가를 선택해야만 하는 순간이 언젠가는 올 것이다. 너의 발소리. 소리 없는 발걸음. 문이 열린다. 오후 내내 삐걱이던 나무 문은 기묘하게도 아무런 소리도 내지 않는다. 빛은 새어 들어오지 않는다. 이미 너무 어두운 시간인 것이다. 나는 눈을 뜨고, 네가 없다.

가장 가벼운 존재들이 빚어내는 알리바이가 나는 아무래도 꺼림칙하고, 영수증을 찢어버리거나 일기장을 감추는 일, 책상 서랍 안에 들어 있는 모든 펜을 다 망가뜨려버리는 일, 명함에 새겨진 이름을 지우거나, 나는 네가 방을 나간 것을 확인하고 사이드 테이블 위를 더듬어보는데, 메모지가 그곳에 있었다. 이 방에 머무르던 사람은 적어도 한 장 이상의 메모를 작성했을 것이다. 까끌한 지면에 약간의 필압이 남아 있는 것을 감지할 수 있다. 여전히 비가 내리고 있다. 빗소리가 들린다. 빗방울이 들이치는 것 같기도 하다. 어딘가에는 틈이 있는 것이다. 나는 벽을 만져본다, 벽은 차갑고 완전히 건조하다. 그러나 그 건조함을, 그 견고함을 믿을 수 없다.

행방을 알 수 없는 것에 대해서, 증거도 증인도 부재하는 일에 대해서 말하는 일이, 그것을 실제처럼 말하는 일은 때때로 고통스럽고, 나의 기도에는 칼날이 돋아 있어서, 숨을 들이쉬고 내쉴 때마다 증거도 증인도 없는 것에 대해 말할 때마다 내면의 조직이 긁혀나가는 것 같은 느낌을 받고는 하는데, 그러나 그것은 신경계의 작용으로도 근육의 움직임으로도 호르몬의 분비로도 설명할 수가 없어서, 왜냐하면 고통을 설명하는 법은 반드시 불완전하기 때문에, 누구도 누구의 고통을 따라할 수는 없기 때문에, 나는 그저 입을 다물고,

고통을 지우는 방식으로 기능하는 고통, 고통을 배제하는 방식으로 생겨나는 고통. 그것을 가리는 방식으로만 선명해지는 세계, 광원에서 멀어질수록 눈에 비치는 상은 흐릿해지고 더 흐릿해질 것이다. 이 방의 묵직한 공기 중에는 이상한 분노가 섞여 있는 것만 같고, 폐가 수축하고 이완할 때마다 어쩔 수 없이 공기를 들이마시게 되는데, 그것들이 어디에서 오는지 알고 싶다, 알고 싶지 않다, 알지 못한다, 모른다, 모르고 싶다, 모르고 싶지 않다, 아니, 그저 감추고 싶다. 들키고 싶지 않다. 의심도 분노도 적의도 불안도 없는 것처럼, 은폐하고 싶고, 은닉하고 싶고, 끝없이 새로운 알리바이를 작성하고 싶다, 흔적을 남기는 것이 흔적을 남길 것이다. 그러나 공기는 어디에나 존재하고 있어서 가파른 계단을 달려 내려가 골목으로 나선다 해도 공기 속의 더러운 것들은 그대로일 텐데,

나는 이불을 머리끝까지 끌어 올린다. 눅눅하고 흐물흐물한 직물이 살갗에 감긴다. 비가 계속해서 내리고 있다. 바람이 불기 시작한 것 같다. 나는 네가 왜 밖으로 나갔는지 알지 못한다. 아마도 어떤 상황을 만들기 위한 것이라고 어렴풋이 추측할 뿐이다. 네가 개입하는 상황. 너와 나의 뒷덜미를 잡아끌고 들어가는 상황. 나는 내게 주어진 가능성을 하나하나 떠올려보고, 그 가능성들의 상대적인 무게를 가늠해보고, 그것들을 없애버리는 방법을 생각해보는데, 물리적으로 접촉한 물체의

표면에 남는 사소한 압력의 흔적, 필압과 머리카락, 먼지, 소재지를 알 수 없는 목격자, 사실은 이런 것들에 신경을 쓰는 것이 너무나 피곤하고, 나는 그저 잠을 자고 싶은데,

언젠가 연필심이 관자놀이에 박힌 적이 있었다, 나는 내 이야기를 완전히 신뢰하지 않는다, 의사는 연필심을 뽑아내지 않았고 살갗에 박혀 있던 흑연 덩어리의 행방에 대해서 말하는 사람 역시 없었는데, 과연 관자놀이에 검은 점 하나 박히지 않은 채로 몸은 불어나고 피부는 팽창했고, 나는 어둠 속에서 머리맡을 더듬어보는데, 수면에 도움이 될 만한 것은 아무것도 없다.

손에 닿는 베갯잇의 까슬까슬한 감촉을 느끼면서 나는 무엇이든 하나씩 지워버릴 수밖에 없다는 생각을 한다. 부주의한 흔적을 지우는 가장 좋은 방법은 가짜 흔적들을 남기는 것, 알리바이를 작성하는 방법에 대해서 따로 배운 적은 없지만 그러나 그것은 마치 숨을 쉬는 것과 비슷하고, 나는 여기에 있지만 여기에 없어, 장소와 시간을 뒤섞는 것만으로도 혼란을 심어둘 수 있을 것이다. 나의 책상 위에는 서로 다른 행선지가 새겨진 여러 장의 티켓이 널브러져 있을 것이다. 내 손으로 파기한 일기장들이 대도시 어딘가의 문서 파쇄기 속에 갈려 들어가는 장면을 상상한다.

아무것도 나를 좇아오지 않았으면 좋겠어, 서로 일치하지 않는 가짜 알리바이들 사이에서 실종되어버리고 싶다, 무연고자가 되어 어딘가의 병원에 사체가 넘겨지고, 내 장기들

이 뜯겨 나가는 것을, 살갗이 분리되는 것을, 안구가 적출당하는 것을, 뼛조각이 떨어져 나가는 것을, 피가 바닥에 고이지 않는 것을, 체액이 어디론가 흘러가는 것을, 실종의 결과물에 대해서 생각하고, 제발, 나를 찾지 말아달라고, 나를 그대로 잊어버리거나 없애달라고 부탁하고 싶다, 어떤 시도도 하지 말아달라고 말하고 싶다, 비가 더 많이 왔으면 좋겠다. 무엇이든 흘러 내려갈 것이다, 아니다, 이 도시의 배수로는 충분히 잘 설계되어 있지 않다. 그것은 분명히 어딘가에 고여 들고 말 것이다, 그리고 썩어 들어갈 것이다. 물비린내와 함께 부패하는 것들. 흔적들이 부패한다.

그러나 언제나 두려운 것은 저 바깥에 있고, 렌즈를 터뜨려버리고 싶다, 너의 눈을 뽑아버리는 방법, 네 고막에 가장 날카롭게 벼린 송곳을 꽂아버리는 방법, 네 목구멍에 펄펄 끓는 밀랍을 부어버리는 방법, 그러나 그런 매뉴얼은 어디에도 존재하지 않는다.

*

너는 늦은 아침이 되어서야 돌아온다. 지난밤 내내 거세게 내리던 비는 어느새 잦아들었지만, 멎지는 않는다. 해변에 갈 수 없겠군, 네가 말한다. 너는 밤새 파도가 거세어졌다는 소식을, 그래서 해변으로 가는 길이 통제되는 중이라는 소식을 전하고, 나는 네가 젖지 않았다는 것을 알아차린다. 비를 피하는 방법은 너무나 많고, 나는 아무것도 질문하지 않을 것이다. 너는 어디로도 갈 수 있었다. 어디에든 가만히 있을 수 있었다. 무엇이든 손에 들 수 있었고, 아무것도 쥐지 않을 수도 있었다. 무엇이든 섭취할 수 있었고, 그것을 토해버릴 수도 있었다. 던지거나 부딪히거나 떨어지거나 망가질 수 있었다. 그러나 그것은 까맣게 덧칠된 필름 같은 것이고, 잘려 나간 페이지고, 이미 섞어버린 반죽이라서,

우리는 간밤의 일에 대해 이야기하지 않는다. 네 발에 대해, 나의 시선이 닿는 곳에 대해, 네가 실현할 수 있었던 가능성들과 아직 검증되지 않은 알리바이와 우리가 채택할 수 있는 가설들과 그것을 반박하는 사례들에 대해서 이야기하지 않는다. 해변에 갈 수 없어서 어떡하지, 너는 여전히 걱정하고 있고, 이미 한번 실패한 여름휴가를 되돌려놓을 방법은 없다. 아니, 아직 우리는 실패하지 않았다. 실패할 일은 아직 얼마든지 남아 있다.

아침 식사 대신에 우리는 밖으로 나가 걷기로 한다. 아침 산책이라고 하기에는 너무 늦은 시간이다. 우리는 말없이, 늘 그랬던 것처럼 아무 말 없이, 가파른 계단을 걸어 내려간다. 계단은 발을 헛디디기 쉬운 구조로 되어 있고, 중력은 아래를 향해 작용하며, 내가 발을 헛디뎌 계단에서 구르면 결국 너도 다치게 될 것이다. 한 단, 한 단 내려갈 때마다 나는 조금 긴장한다. 넘어지고 싶은지, 넘어지고 싶지 않은지가 불명확하다. 네 머리통이 불안하게 흔들리고, 나는 계단에서 구른다면 지나치

게 명확한 정황을 남기게 될 것이라고 생각한다. 현관에 기대어둔 우산은 아직 젖어 있다. 네가 네 우산을 편다. 살이 하나 어긋나 있다. 나도 나의 우산을 편다. 그것은 건조하고 팽팽하다. 그것은 곧 젖을 것이다.

산책은 어디까지나 산책이어서, 우리는 언제나 그랬듯이 목적지를 정하지 않고 걷는다. 나의 목록은 가고 싶은 곳 대신 가지 말아야 할 곳의 이름으로 채워져 있다. 만나야 하는 사람들, 만나고 싶은 사람들의 이름 대신 만나지 말아야 하는, 마주치지 말아야 하는 사람들의 이름으로 채워진 목록, 먹고 싶은 음식이나 하고 싶은 행위 대신 먹으면 안 되는 것들과 하면 안 되는 행위들의 이름으로 채워진 목록, 느끼고 있는 감정 대신 느끼고 싶지 않은 감정을 모아 작성한 리스트.

굳이 이 빗속을 걷고 있는 이유를 알 수 없는데, 비가 내리는 것으로도 모자라서 바람이 불고, 빗물이 정강이에 튀고, 이따금씩 축축하게 젖은 전단지가 다리에 달라붙는다. 네가 그것을 떼어내어 살펴본다. 골목을 돌아설 때, 달리는 사람들은 여전히 달리고 있다. 찰방이는 소리가 난다. 그들의 팔에 맺힌 빗방울, 불명확한 시야를 확보하기 위한 노력. 비는 여전히 거슬리지 않을 정도로만 세게, 그러나 조금 부족하다 싶을 정도로만 가볍게 내리고 있고, 네가 전단지를 버린다. 전단지가 바람에 휩쓸려 날아갈 때 나는 한없이 불안해진다. 그러나 이 불안 역시 나에게 할당된 역할의 일부일 뿐이고,

기계처럼 걷고 있다. 정해진 절차에 의거하여 선명한 역

할을 수행하면서 순서와 방향을 맞추어 일정한 속도와 속력으로 적당한 결과물과 약간의 부산물을 생산하면서 걷고 있다. 모퉁이를 도는 것은 너의 역할이고 그 뒤를 따라 걷는 것은 나의 역할이고 나의 불안을 네가 알아차리지 못하도록 감추는 것까지가 나의 역할이며 반대로 알아차리되 아무것도 발설하지 않는 것이 너의 역할이고 역할과 역할이 톱니바퀴처럼 맞물려 돌아가고, 우리는 해바라기가 죄다 뽑혀버린 것을 발견한다. 돌아갈까, 돌아가자, 누구 하나 입을 여는 법 없이 우리는 걸어온 길을 따라서 걷기 시작한다. 네가 수족관을 발견한다. 어제는 발견하지 못했던 것이다. 우산 아래 나를 세워둔 채로 네가 가게에 들어갔다 나온다. 네 손에 비닐봉지가 들려있다. 우리는 돌아온다.

　　누렇게 변색된 욕조는 너무 작아서, 겨우 한 명이 몸을 욱여넣을 수 있을 정도이고, 물이 계속해서 흐르고 있다. 하늘에서 땅으로, 수도꼭지에서 욕조로. 물고기는 비닐봉지에 들어있는 채로 욕조 안에 동동 떠다니고 있고, 저런 물고기를 열대어라고 하나, 그러나 이곳은 열대지방이 아닌데, 네가 계속 화장실을 드나들며 물의 온도를 잰다. 그런 물에 풀어놓으면 아마 죽을걸, 그러나 나는 나의 말에 자신이 없다. 소독약 냄새와 함께 배를 드러내고 떠오른 물고기 사체의 이미지가 떠오른다, 마치 오래된 꿈 같아서 나는 미간을 찌푸린다. 네가 화장실에서 물고기를 계속해서 들여다보고 있다. 이따금씩 네가 물고기에게 말을 걸고, 네 목소리가 웅웅 울리는데, 나는 그것을 듣고 싶지 않다.

물고기에게 먹을 것이 필요할 거야, 네가 화장실 문밖으로 얼굴을 빼서 말한다. 무엇을 주면 좋을까? 그러나 물고기가 물고기 밥을 먹는다는 것을 제외하면 내가 물고기에 대해서 아는 것은 전무하다. 뒤로 물러나 있는 장면들, 기록되지도 기억되지도 않는 순간들. 물고기의 식사에 대한 정보량 없는 발화가 이어진다. 네가 현관을 향한다. 수족관에 가서 물어보려고 해, 으응, 그렇구나.

문이 열리고 닫히는 소리를 듣는다. 수도꼭지는 틀어져 있고, 물은 계속해서 위에서 아래로 흐르고, 나는 좁은 방의 천장을 바라보고 있고, 물고기는 비닐봉지에 갇힌 채로 헤엄을 치고 있다. 비가 여전히 내리고 있을 것이다. 우리가 가고 싶었던 수영장은 어디에 있지, 나는 바닥에 누운 채로 골똘히 생각해보지만 아무래도 수영장은 떠오르지 않는다. 수영장의 벽면에 붙은 파란 타일이, 차가운 물이, 은색으로 빛나는 배수구의 형태가 떠오르지 않는다.

언제나 말할 수 없는 것들이, 이름 붙여지지 않는 것들이 문제가 된다. 소거법으로밖에 설명할 수 없는 것들이 문제가 된다. 구체적인 윤곽이 없는 것들, 흐릿한 이유와 근거만을 갖는 것들. 좀더 구체적인 것들을 생각해야 한다, 좀더 구체적인 종류의 감정, 이 피부로 감각할 수 있는 것만을 그리거나 상상해야 한다고, 이 작은 방 안의 모든 문장이 같은 말을 반복하고 있는데,

끝없이 흔들리는 저울의 영점, 받침대가 흔들리면 아무것도 올려놓을 수가 없기 때문에, 구체적인 것은 아무것도 없다. 매달릴 수 있는 것은 없다. 의지하는 것은 불가능하다, 죽은 세포가 떨어져 나가고, 방바닥 위에 흩어진 너의 머리카락들, 열렬하게 사랑하는 것처럼 보이겠지만 사실은 그렇지 않다는 것을 네가 알고 있다.

네가 올 때까지, 어디에도 가지 않을 것이다. 나는 이 좁은 골목을, 이 방을 벗어나지 않는다. 그것은 불가능하다. 그것을 바라는 것은 가능하지 않다.

*

네가 오지 않는다.

네가 오지 않을 것이다.

짧은 휴가가 끝이 난다.

창문이 없는 방은 늘 그래왔듯이 어둡고, 나는 불을 켜지 않는다. 불이 켜져 있는 것은 화장실뿐이다. 나는 화장실에 들어간다. 욕조는 여전히 누렇게 빛이 바래 있고, 나는 혹시 전등의 빛이 지나치게 노란 것은 아닌지 의심하는데, 그러나 천장을 올려다보면 전구 소켓에는 평범한 형광등이 끼워져 있고, 나는 다시 욕조 가득히 차 있는 물을, 옅은 녹색빛을 띠는 수면을, 네가 풀어놓고 나간 것임이 분명한 물고기를 본다. 물고기는 잠시 멈추어 있다가 순식간에 앞으로 나아가고, 살랑이는 듯하다가 갑작스럽게 몸을 뒤튼다. 나는 한참 동안 물고기를 관찰한다. 수면은 어디까지나 수돗물이 흘러 들어오는 그만큼 고요하고 또 시끄럽다. 욕실 바닥에 옆이 뜯어진 비닐봉지가 떨어져 있다.

내가 흉내 내고 억지로 손에 넣으려 들고 피부 위에 걸치려 드는, 접착력이 떨어져가는 접착제로 덕지덕지 가져다 붙이려 하는 그 수많은 감정, 나는 언제나 내가 가진 것 이상의 감정을 가장하는 것을 두려워했으나 정작 나는 그 어떤 감정의 소유자인 적도 없었던 것만 같은 기분이 든다. 굴절, 굴절하거나 골절을 겪는 것들, 잔뜩 마시고 난 다음 날의 몽롱하고 둔탁한 감각을 상기하며 나는 집요하게 네 뒷모습을 눈으로 좇는다.

영원히 공석으로 남을 어떤 좌석들,이 있다. 예매한 표와 낙첨된 복권과 선택되지 않은 행선지와 아직 가지 않은 거리와 파헤쳐진 화단과, 거짓말이라면 얼마든지 할 수 있다. 혈관이 혈액을 배신하듯이, 세포가 근육을 배신하듯이, 영혼이 육체를 혹은 육체가 영혼을 배신하듯이 또 어쩌면 펜이 종이를 배신하듯이 등장인물이 책을 배신하듯이 나는 계속해서 섣부른 말들을 할 텐데, 너를 죽이고 싶다고, 너를 저주한다고, 네가 없어지면 좋겠다고, 불행이 네게 찾아가기를 그 불행이 끝나지 않기를 바란다고 어디선가 들은 것임이 분명한 접착제로 억지로 이어 붙인 말들을 늘어놓을 텐데,

나는 욕조에 손을 담갔다. 손의 부피만큼의 물이 밀려 나

오고, 무릎이 축축하게 젖었지만 어차피 수도꼭지에서 흐르는 물만큼 욕조에서 흘러넘치는 물이 있어 나의 발 아래에는 이미 물구덩이가 생겨 있었는데, 아무래도 바닥의 기울기가 충분하지 않은 것 같다, 이곳에서는 그저 모든 것이 고여 들 뿐이다. 손가락을 넓게 벌리고, 손등의 힘줄을 한껏 늘여보고, 손목을 이리저리 꺾어보지만 물고기는 계속해서 내 손을 빠져나간다.

물컹이는, 꿀렁거리는, 손에 힘이 들어가지 않는다. 물고기의 비늘은 제법 날카로워서 손바닥에 자잘한 상처들을 남긴다. 어떤 것들은 제법 깊어서 손에서 피가 흐르는 것 같기도 한데, 젖은 손과 젖은 몸 사이의 이물감과, 내 의지대로 제어할 수 없는 움직임과, 비린내가 나는지 안 나는지조차 가늠하기가 어렵고, 나는 있는 힘껏 손아귀에 힘을 주어보지만 물고기의 몸은 생각보다 단단하고 동시에 연약해서 내가 생각하는 일은 일어나지 않는다. 아가미가 빠르게 움직이고, 입술이 벌어졌다 닫히고, 어디까지 기다릴 수 있을까. 나는 물고기 잡기를 포기한다. 상처는 쓰리고 졸음은 쏟아진다. 나는 젖은 무릎과 축축한 정강이와 물기 머금은 손으로 화장실을 나선다.

＊

가장 좁은 방 안에서도 고문은 가능하다, 오히려 가장 좁은 방이기에 고문은 효과적이기도 하다. 나는 스스로를 고문하는 일에 있어서는 그 누구도 따라올 수 없는 전문가이며, 나는 나의 분노의 원천이 어디에 있는지, 그것을 왜 무시하고 있는지, 왜 그것을 죽이고 또 거듭해서 죽이고 있는지 똑똑히 기술할 수 있다. 그럼에도 불구하고 그렇게 하지 않는 것은 그렇게 하고 싶지 않기 때문이다. 폐소공포, 공포에 대한 선호, 몸서리치고 도망치면서도 결국 되돌아오는 것, 내게서 나를 박탈하는 일의 즐거움, 나는 계속해서 이야기 속으로 나를 옭아매고, 그것들은 이야기할 때마다 다른 방식으로 나를 짓누르는데, 나는 압사당하는 꿈을 꾸는 것이 즐겁다고 열심히 생각한다. 수영장에 들어가고 싶다. 차가운 물, 뇌를 얼려버릴 것 같은 감각, 그 안에 머리끝까지 담그고 빠져나오고 싶지 않다. 숨이 막히는 감각, 목을 조르는 손, 손가락, 손톱, 파고드는 것들, 그러나 어두운 것은 어두운 것, 차가운 것은 차가운 것. 내가 바라는 건 차가운 물, 살갗에 닿아 소름이 돋게 만들고 식도로 흘러들어 융털 하나하나를 감각하게 만드는 물의 온도, 어쩌면 나의 심장을 멈추게 만들 수도 있는 차가운 매혹, 말초신경과 모세혈관과 아직 채 떨어져 나가지 않은 각질.

어느 쪽으로든 가야만 할 때가 있다. 그러나 언제나 그런 순간에 망설이게 된다. 판단을 위한 어떤 근거도 제시하고 싶지 않다, 그러나 이미 판단은 내려져 있다. 내 이야기를 위해서라면 나는 기꺼이 너를 지워버릴 수도 있을 것이다. 더 이상 그럴듯한 말들을 하고 싶지 않다. 네가 입을 벌릴 것이다, 입을 닫을 것이다, 말을 하거나 숨을 쉬거나 섭취하거나 뱉어낼 것이다. 그 안의 혀가 꿈틀대는 것을 나는 똑똑히 볼 수 있고, 검붉은 혀를 감싸고 도는 혈관을 상상하지 않는다, 그것을 끊어버리거나 잘라버리거나 손상하고 싶어 하지 않는다. 언제나, 부재 앞에서 나는 가장 잔인하고, 네가 없는 방 안에서 나는 그때 네가 지을 표정을 골똘히 생각한다, 마치 그것을 내가 볼 수라도 있는 것처럼, 그것을 내가 네게 줄 수 있는 것처럼, 네가 그것을 나를 위해 마련해놓기라도 한 것처럼,

(무의미하고 무신경한 가정들, 나는 가장 날카로운 비극을 소유할 수 없다. 문장은 미완의 상태로 남을 것이다.)

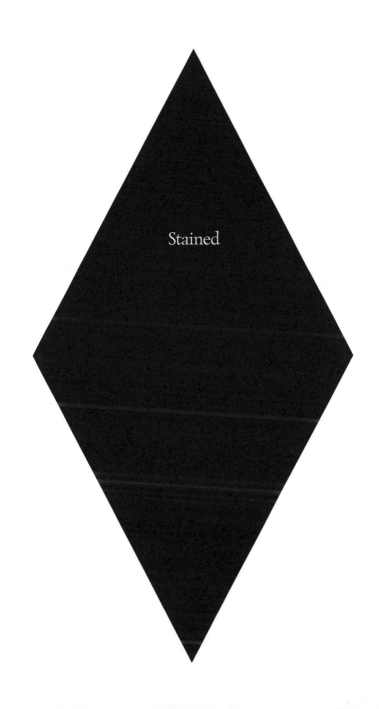

Stained

잠을 자고 싶었다. 마치 그것만이 유일한 할 일인 것처럼, 죄책감도 의무감도 없이, 악몽도 길몽도 없이 본분처럼 잠들고 싶었다. 그러나 그것은 쉽지 않은 일이었고, 결국 나는 한밤중에 잠에서 깨고 말았다.

P를 깨우지 않도록 조심하면서 거실로 나가보니 개가 잠들어 있었다. 포개어 놓인 앞발, 살짝 접힌 귀. 가볍게 부풀었다 내려앉는 작은 덩어리. 도저히 쉽게 발을 내딛을 수가 없어서, 부엌으로 향하던 발길을 멈추고 개 앞에 쪼그리고 앉아 아직은 낯선 동물을 내려다보았다. 어떻게 이렇게 평화롭게 잠들 수 있는 걸까, 생각했다. 쪼그려 앉은 탓인지 허리가 시큰거렸고, 오른쪽 어깻죽지가 아팠다. 개의 축축하고 더운 숨이 발가락 끝에 닿았다. 기쁘지 않았다.

나는 한참 동안 개를 물끄러미 바라보다가 자리에서 일어났다. 낯선 생물은 여전히 그 자리에서 잠들어 있었고, 어떤 방법으로도 그것을 지워버릴 수는 없는 것 같았다. 초침이 움직이는 소리가 크게 울렸다. 새벽이었고, 잠을 자고 있어야 할 시간이었다. 침실로 돌아가 침대에 누웠지만, 좀처럼 잠이 들지 않았다.

빨간 공을 줍지 않으면 좋았을 것이다. 그것은 나의 발치에 떨어져 있었다. 내 주먹보다 조금 작은 크기의 공이었다. 나는 그것을 아무 생각 없이 주워 들었다. 공기가 충분히 채워지지 않았는지, 흐물거리고 물컹거렸다. 나는 그것을 손안에서 이리저리 굴리면서 공기를 넣을 펌프가 있으면 좋겠다고 생각했다. 그리고 그때, 바로 옆에 펌프가 떨어져 있는 것을 발견했다. 나는 공기 주입구를 고무공에 꽂았다. 펌프의 손잡이를 당겼다 놓으니 공은 금세 탄탄하게 부풀어 올랐다. 과연, 예쁜 공이었다. 나는 그것을 손안에서 이리저리 굴려보았다. 지우개처럼 보들보들한 촉감이었고, 불투명한 광택이 흐르고 있었다. 나는 그것을 바닥에 튕기고 다시 받았고, 벽을 향해 던져보았다. 그 공은 경쾌하게 튀어 올랐다.

나는 한참 동안을 공을 이리저리 튕기며 놀았다. 단순한 놀이였지만 지겹지는 않았다. 공은 마치 의지를 가지고 나의 움직임에 반응하는 것처럼 보였다. 빨간 고무공은 내가 전혀 예상하지 못한 방향으로 튀어 올랐고, 나는 공이 날아가는 방향으로 힘껏 달려가 공을 받았다. 땀이 났고, 즐거웠다. 빨간 공이 그리는 매끈한 포물선, 작은 살구만 한 크기였던 공이 어느 순간 작은 복숭아 정도의 크기가 되어 있었지만, 복숭아 솜털처럼 보드라운 표면이 손바닥에 감기는 느낌이 좋아서, 나는 공이 점점 커지고 있다는 사실을 바로 알아채지 못했다.

공은 조금씩 부풀어 오르고 있었다. 그리고 점점 더 빨라지고 있었다. 작은 복숭아 정도의 크기였던 공은 어느새 자몽 정도의 크기가 되어 있었고, 이윽고 멜론만큼 커졌다. 나는 공이 정말로 커지고 있는 것인지, 아니면 공이 너무 빨라서 공의 형태를 포착할 수 없는 것인지 궁금했다. 나는 공을 받아내기 위해 뛰어올랐고, 슬라이딩했고, 발차기를 하고, 팔을 크게 휘둘렀다. 하지만 공은 나를 약 올리기라도 하는 것처럼 나의 손끝을 스쳐 하얀 벽을 향해 날아갈 뿐이었다. 그러고는 벽에서 튕겨져 나와 나를 향해 곧바로 날아왔다.

마치 나를 노리기라도 한 것 같았다. 작은 멜론만 한 크기였던 공은 이제 수박만큼 커져 있었고, 아니, 수박만큼 커졌다고 생각하기가 무섭게 커다란 늙은 호박만 한 크기가 되어 나를 향해 날아오고 있었다. 나는 내게로 날아오는 공을 피하기 위해 열심히 뛰었다. 바람이 불지 않으니 공의 궤적이 바뀌지는 않을 것이었다. 하지만 그것은 멍청한 생각이었고, 그런 나를 비웃기라도 하는 것처럼 공은 맞은편 벽으로부터 튕겨져 나와 내가 달리고 있는 바로 그 지점을 향해 날아왔다.

공은 자꾸만 커지고 있었다. 그것은 이제 과일이나 채소 따위에 빗댈 수 없는 크기가 되어 있었고, 그렇게 크게 불어난 다음에도 계속해서 부풀어 오르고 있어서 이젠 빨간 고무공의 표면이 투명하게 변한 것처럼 보일 정도였다. 불그스름하고 투명한 막 너머로 공의 맞은편 표면이 보였고, 하얀 벽이 보였고, 겁에 질린 나의 얼굴이 보였다. 나는 도망치기 시작했다. 그러나 나는 곧 내 발에 걸려서 넘어지고 말았고, 놀랍도록 미끄러운 바닥 위를 구르기 시작했다.

공은 어디에나 있으면서 어디에도 없는 것 같았다. 그러니까 빨간 고무공은 너무 크게 부푼 나머지 결국 투명해지고 만 것이었다. 공이 공기를 가르고 날아갈 때마다 휙, 휙 하는 소리가 들렸고, 벽에 부딪힐 때마다 퉁, 퉁 하는 소리가 크게 울렸다. 나는 공의 위치를 가늠해보려 했으나 아무것도 없는 공간에서는 공명음이 더 크게 울리기 마련이었기에, 공이 어디에서 날아오는지 알아내는 것은 불가능했다.

어느샌가 나는 다시 달리고 있었다. 허벅지 근육이 떨어져 나갈 것만 같았다. 안경을 밟으면 안 돼, 목소리가 들려왔고, 퉁, 휙, 데구르르, 퉁. 분명히 어딘가에서 빨간 고무공이, 아니, 투명한 고무공이, 이제는 공도 아닌 것 같은 공이 날아다니고 있었다. 온몸이 땀으로 젖어들었다. 꿈에서도 땀냄새가 나나, 나는 달리기를 멈추고 확인해보고 싶었지만 퉁, 휙, 데구르르륵, 퉁. 공이 날아오고 있었다. 어차피 고무공인데, 그냥 한번 맞아버리는 건 어때, 목소리가 말했고, 나는 그것이 솔깃한 제안이라고 생각했다. 하지만 나는 단 한 번도 무한히 늘어나는 고무공에 대해서 들어본 적이 없었고, 물론 고무공이 정

94

말로 무한히 늘어나는지는 아직 알 수 없었지만, 왜냐하면 무한이라는 것을 본 적이 없기 때문에, 그러나 어찌 되었건 이미 공은 너무나 커져서 하늘을 가릴 수도 있을 것 같은 크기가 되어 있었고, 나는 이제 내 마음대로 움직이지 않는 두 다리를 어떻게든 나의 뜻대로 움직이려 노력하면서 어서 꿈에서 깰 수 있기를 바랄 뿐이었다.

개를 데리러 가기로 한 날 아침의 일이었다. 잠에서 깨어 멍한 상태로 허공을 바라보며, 나는 많은 것들이 그 공을 주워서 생긴 일이라고 믿어보려 했다. 갑작스럽게 이사를 하게 된 것, 룸메이트를 구하려 한 것, 구인 게시판에서 P를 만나게 된 것, 의외로 기질이나 성격이 잘 맞는다는 것을 발견하게 된 것까지도 모두 꿈속에서 빨간 고무공을 주웠기 때문에 생긴 일처럼 여겨졌던 것이다. 어쩌면 개를 데리고 오기로 한 것도 그 연장선상에 있는 것일지도 몰랐다. 이를테면 미래의 꿈이 과거의 사건을 야기하는 것을 지금의 내가 멍청한 기분으로 바라보고 있는 느낌이었다.

나는 여전히 개를 데리고 오는 것이 잘하는 일이라는 확신을 가질 수 없었다. 가벼운 알레르기성 비염. 반려견을 들이고 또 함께 사는 동안 발생하는 사소하고 큰 각종 비용들. 나도, P도 개를 키워본 적이 없었다. 돌발적인 상황에 제대로 대처할 수 없을 것이라는 불안감, 생활이 바뀌는 것에 대한 거부감. 몇 주 전에 새로 구입한 푸른 가죽 소파. 개를 데리고 오지 않을 이유는 얼마든지 떠올릴 수 있었다.

우리는 개에 대해, 개와 함께하는 생활에 대해, 그것이 가지고 올 변화들에 대해서 다정하고 세심한 대화를 오랜 시간 동안 나누었다. 그러나 결론은 정해져 있었다. 개는 우리에게 올 것이었다. P의 의사는 확고했고, 나의 어떤 이유도 P를 설득하지 못했다. 입을 열 때마다 궁색해지는 기분이 드는 것이 싫어서 나는 입을 다물었다. 연약한 생명체에 대한 선의, 동정심. 그 개를 데리고 와야만 해. 내가 이해할 수 없는, P의 막연한 애정. 이미 정해져 있는 결론, 당위성을 지닌 말들. 나는 결국 P의 주장을 받아들이고 말았고, 그것은 지난 주말의 일이었다.

일주일 내내 P는 한껏 신나서 견주와 연락을 주고받았다. 말이 견주지, 그는 개의 실제 주인이 아니었다. 며칠 동안 동네를 배회하다가 발견된 개라고 했다. P는 개의 사진을 보여주었다. 유기견이라고 보기에는 용모가 지나치게 말끔했다. 상처가 난 곳도 없었고, 털이 듬성듬성 빠져 있지도 않았다. 살짝 들려올라간 코와 날렵하게 뻗은 귀가 애교 있는 인상을 주는 개였다. 그리고, 무엇보다도 두려움이 없는 얼굴을 하고 있었다.

개의 보호자는 개의 주인이 나타나지 않아 데리고는 있지만, 이미 키우는 개가 여러 마리라 개를 데리고 있기가 여의치 않은 상황이라고 했다. 전단지를 뿌리고 SNS에 글을 올려보고 지인을 통해 수소문해보아도 개의 주인은 나타나지 않았다고도 했다. 개에 대한 이야기를 들으면 들을수록, 나는 억지로

96

붙잡고 있던 확신이 사그라드는 것 같은 기분이 들었다. 그러거나 말거나, P는 개를 데려오기 위한 공부에 몰두했다.

말하자면, 개를 데리고 오지 못하게 하기 위해서는 개를 데리고 와서는 안 된다고 단호하게 말할 수 있어야 했다. 하지만 마음을 단호하게 먹는 것부터가 쉬운 일이 아니었다. 나의 단호함은 문 앞에 쌓이는 택배 박스들에 쉽사리 밀려나버리고 말았다. 빈 공간을 비집고 들어오는 물건들. 마음 따위가 놓일 장소는 존재하지 않았다. 즐겁게 택배 박스를 뜯는 P를 보면서 나는 나의 행복과 P의 행복, 그리고 개의 행복을 끊임없이 저울질했다. 하지만 접시가 세 개인 저울은 내 머릿속은 물론이고 세상 그 어디에도 존재하지 않았기 때문에 비교라는 건 애초부터 불가능했다. 나는 불안하고 초조한 마음을 내버리지 못한 채로 주말을 맞이할 수밖에 없었다.

아무도 그것이 무엇이라고 말하지 못했다. 왜냐하면 그것은 그저 '삼각형'이었기 때문이다. 그것은 일주일에 하나, 혹은 두 개씩 떨어졌고, 한번 떨어지면 그 자리에 그대로 남아 있었다. 모든 사람이 처음에는 그것이 도시를 파괴해버릴 것이라고 생각했다. 그러나 그것은 무게가 없었고 따라서 충격도 없었다. 그뿐만이 아니었다. 그것은 두께도 질량도 부피도 없는 듯했다. 그러나 붉거나 푸른색의, 성인 남자 몸집의 두 배는 족히 되는 삼각형이 하늘에서 수직으로 내리꽂히는 장면은 그 자체로도 충분히 위협적이었다. 누구나 반사적으로 몸을 움츠

렸고, 그것을 직격으로 맞지 않았음에 감사했다.

　고층 빌딩에서 거리를 내려다보면 마치 도시 곳곳에 색유리 파편이 박혀 있는 것처럼 보였다. 해가 뜨고 질 때마다 얇고 연약해 보이는 삼각형의 모서리에 햇빛이 부딪혀 퍼져나가는 것을 볼 수 있었다. 일제히 빛을 반사하는 색색의 조각들. 투과된 빛이 부딪히고 섞이면서 생겨나는 빛의 문양들이 도시 전체에 드리워졌다. 눈부신 광경이었다. 마치 도시 전체가 스테인드글라스에 둘러싸인 것 같았다.

　아무도 그것에 다가가려 하지 않았다. 그러면서도 모두가 그것에 대해 말하고 싶어 했다. 가장 자주 볼 수 있었던 것은 그것이 재앙의 전조라고 말하는 사이비 종교 지도자의 얼굴이었다. 지나치게 안일한 답변이었다. 물론 삼각형의 꼭짓점을, 손에 닿지 않는 곳에서 인간을 내려다보는 뾰족한 시선을 올려다볼 때면, 그 정교하게 절삭된 날카롭고 매끈한 빗변을 눈으로 훑을 때면 누구나 세계 멸망의 순간을, 유리처럼 산산이 부서지는 세계를, 삼각형 모양으로 흩어지는 세계의 파편들을 망상할 수밖에 없었다. 하지만 세계는 그렇게 쉽게 멸망하지도 않았고, 그렇게 깔끔하고 아름답게 멸망하지도 않았다.

　나는 늘 그것이 무대장치와 비슷하다고 생각했다. 그것은 당시에 내가 한 공연장의 무대 스태프로 일하고 있었기 때문일 것이다. 퇴근 시간은 대체로 새벽이었고, 공연장이 있는 골목을 나와 불이 꺼진 백반집과 주유소, 편의점을 지나 큰길을 향해 걸어 나오다 보면 가로등 불빛을 받아 약하게 빛나는 삼각형의 모서리를 구경할 수 있었다. 직선을 따라 은은하게 번지는 오렌지색, 혹은 연두색 불빛. 그 사이로 반짝이는 두껍고 빳빳한 잎사귀, 시든 채로 붙어 있는 꽃.

그것들을 볼 때마다 나는 색색의 아크릴 판을 잘라서 와이어로 매달아둔 광경을 상상했다. 물론 아크릴 판은 두께와 부피와 무게와 질량을 갖는, 그리고 미세한 흠집을 가진 물건이기에 새벽 출근길에 보는 삼각형만큼 투명하게 빛나지는 않을 것이었다. 아크릴 판의 흠집이 보이지 않을 만큼 강한 조명을 쏘면 아침에 길거리에서 지나치는 것과 비슷한 빛망울을 가질 수 있을지도 모르겠다는 생각이 들기도 했지만, 그러나 어떤 모양을 지니고 있든지 간에 아크릴 판은 언젠가는 천장에서 떼어내어져 버려질 운명이었다.

공연장의 일이 그랬다. 조명기를 옮기고, 셀로판지를 갈아붙이고, 덧마루를 깔고, 가짜 벽을 밀었다가 당기는 일. 그리고 그 모든 것을 다 부수어서 원 상태로 되돌려놓는 일. 생수 박스를 들어서 옮기고, 빈 페트병을 찌그러뜨리고, 종이 박스를 해체해서 쌓아두고, 각목과 널빤지, 목면으로 지은 집을 완전히 부수는 것. 도르래와 와이어, 톱니바퀴와 사슬. 하나의 공연이 끝날 때마다 어마어마하게 많은 쓰레기가 나왔다.

나름대로 즐거운 일들이었다. 무대 장치를 만든 후에는 그것의 정교함과 아름다움에 감탄할 수 있었고, 그것을 부수는 과정에서는 기묘한 쾌감을 느낄 수 있었다. 우리는 쓰레기와 소품을 잔뜩 끌어안고 가파른 계단을 오르내렸다. 무엇보다도 좋았던 것은 모든 공연을 무료로 볼 수 있다는 점이었다. 게다가 나는 공연 중에 무대 측면에서 소도구를 챙기는 역할이었기에, 모든 회차를 가장 가까이에서 감상할 수 있었다. 그건 연출이 의도한 장면을 단 한 번도 볼 수 없다는 뜻이기도 했지만 그래도 괜찮았다. 대본 리딩부터 리허설, 본 공연까지 나는 모든 대사와 동작, 동선을 기억하고 따라할 수 있었다.

무대 위에는 원목 테이블이 하나 놓여 있고, 그 위에는 화병이 놓여 있다. 목화 가지가 꽂힌 꽃다발. 배우가 무심한 눈길로 그것을 훑는다. 그는 그것을 건드리지 않는다. 그 대신, 그는 인형의 목을 조르고, 그것을 잡아당긴다. 간신히 여며놓은 틈이 벌어지고, 솜이 비어져 나온다. 일그러지는 봉제 인형의 얼굴, 얼굴을 틀어쥔 손, 그 손등의 힘줄, 끈질긴 고통. 그리고 퇴장. 바닥에는 고무로 만든 소품용 칼이 떨어져 있다.

칼은 놀랄 만큼 실물을 닮아 있었지만, 그것은 어떤 위해도 가하지 못했다. 유해한 것은 그것을 부수는 사람들이 내뿜는 공기였다. 나는 공연장의 사람들과 잘 어울리지 못했다. 가장 큰 이유는 내가 연출의 지인을 거쳐 공연장에 취직했다는 것일 터였다. 하지만 그것만으로는 설명할 수 없는 틈이 있었다. 그 틈은 매일매일 나누는 인사나 함께하는 식사, 애써 발휘한 사교성 같은 것으로는 메울 수 없는 것이었다. 그들 사이에는 오랜 시간 동안 사소한 계기들이 축적되어 형성된, 옅은 절망감 같은 것이 흐르고 있었다. 아무것도 더 나아지지 않으리라는 예감, 혹은 예상.

나는 그런 분위기를 만드는 것이 조명 오퍼와 연출이라고 생각했다. 그들은 끊임없이 갈등을 일으켰다. 연출은 언제나 윽박지를 대상이 필요한 사람이었다. 대부분의 스태프는 연출의 그런 기질을 잘 알고 있었기 때문에 섣불리 갈등을 일으키지 않으려 했다. 하지만 조명 오퍼만은 달랐다. 그는 연출의 불합리한 요구와 짜증, 트집에 일일이 반응하고, 반론을 펼치고, 때로는 말꼬리를 잡았고, 가끔은 연출의 논리를 논파해버리기도 했다. 그러면 그럴수록 연출은 더 집요하게 조명 오퍼를 괴롭혔다. 듣는 사람을 무가치하게 느껴지게 만드는 언사들. 조명 오퍼는 연출의 말들에 맞서면서 존재를 증명하려는 것 같아 보이기도 했다.

그렇다고 해서 그들의 갈등이 공연의 질에 영향을 준 것은 아니었다. 필요하다면 그들은 얼마든지 협력할 수 있었으나, 그럴 필요가 없을 때에는 철저하게 서로를 혐오하는 것처럼 보였다. 그리고 바로 그 점이 나를 혼란스럽게 만들고는 했다. 혼란 속에서 할 수 있는 일은 그리 많지 않았다. 그들의 언성이 높아질 때면 나는 아무것도 듣지 못한 것처럼 손에 쥐고 있는 일에 애써 집중하려 시도하곤 했다.

그런 날이면 나는 삼각형을 보면서 걸었다. 삼각형에 가까이 다가가지 말 것, 규명할 수 없는 현상을 섣불리 규명하려 하지 말 것. 이해할 수 없는 것은 그저 이해할 수 없는 채로 둘 것. 스스로가 만든 사소한 규약들. 나는 삼각형에도 측면이 있는지 궁금했다. 눈앞에 보이는 거대한 색면을 빙 둘러 걸으면서, 눈썹을 한껏 치켜뜨고 시선을 긴장시킨 채로, 파편의 주변을 따라 걸었다. 그리고 나의 발과 삼각형이 수직을 이루는 지점에 다다르면 발걸음을 멈추고 그것을 살펴보았다. 아무것도 없었다. 하지만 한 걸음 앞으로 나아가면 투명하게 빛나는 하늘색, 혹은 노란색의 삼각형이 비스듬하게 서 있는 것을 볼 수 있었다. 그것은 다시 한 걸음 뒤로 물러서면 거짓말처럼 사라졌다.

사람들은 곧 삼각형을 곁에 두고 사는 일에 익숙해졌다. 두께도, 부피도, 무게도, 질량도 없는 것은 아무것도 망가뜨릴 수 없었기에 사람들은 쉽게 안심했다. 아무도 그것의 정체를 더 이상 알고 싶어 하지 않았다. 그것은 그저 그 자리에 영화관 스크린처럼 존재할 뿐이었다. 여름 한낮의 뜨거운 햇빛이 내리쬘 때마다 다채로운 색상으로 빛나는 삼각형을 두고 사는 것은 나름대로 근사한 일이었다. 재앙을 걱정하는 목소리는 줄어들었고, 선글라스를 낀 사람들이 늘어났다. 빛의 커튼 사이를 산책하는 일의 나른한 즐거움.

개의 보호자는 고속도로와 국도를 번갈아 운전해야 갈 수 있는 지방 도시에 살고 있다고 했다. P가 운전을 맡기로 했다. 개를 데리고 오자고 주장한 것은 자신이니 그 과정 역시 자신이 떠맡겠다는 것이었다. 누가 운전하든 크게 다를 바가 없었지만, 나는 P가 원하는 대로 하도록 내버려두었다. 우리는 아침 일찍 일어나 미리 구입해둔 애견 용품들을 차에 실었다. P는 오랫동안 손대지 않고 내버려두었던 DSLR 카메라를 가지고 왔다. 사진을 많이 찍었으면 좋겠어. 뒷좌석에 카메라를 올려 두고, 뒷문을 닫으며 P가 말했다. 시동을 거는 소리. 햇빛 가리 개가 펼쳐져 있었다. 조수석을 뒤로 젖히니, 햇빛 가리개 안쪽 에 붙은 거울에 나의 눈과 눈썹이 비쳤다. 나는 눈을 한 번 크 게 깜빡여 보았다.

날씨가 좋았고, 햇볕이 따뜻했다. 주말치고 도로 상황은 매우 좋은 편이어서, 자동차는 거침없이 유연하게 달려나갔다. 가볍게 웅웅거리는 소리. 시트를 타고 전해지는 가벼운 진동. 나는 그것만이 유일한 할 일인 것처럼, 죄책감도 의무감도 없 이, 악몽도 길몽도 없이 본분처럼 잠들고 싶었다. P가 카 오디 오의 전원을 넣었다. 오후의 라디오. 낮고 부드러운 목소리의 라디오 진행자가 누군가의 사연을 조곤조곤 읽어나가고 있었 다. 나는 창밖으로 고개를 돌렸다. 방음벽을 타고 자라난 넝쿨 식물의 징그러움. 녹슨 가로등. 바스라져 떨어져 나간 페인트 조각. 누군가 내다 버린 스티로폼 상자 안에 뿌리를 내린 작은 식물들과, 그것들의 가늘고 집요한 줄기, 작은 이파리. P는 운 전에 집중하고 있었고, 이따금씩 내비게이션에 녹음된 젊은 여자의 목소리가 제한 속도를 알렸다. 눈이 서서히 감겼다.

눈을 떠보니 P가 차에 올라타고 있었다. 고속도로 휴게소 주차장이었다. P가 건넨 테이크아웃 커피 잔에는 물방울이 잔 뜩 맺혀 있었다. 엄청 열심히 자더라. 어제 잘 못 잤어? 나는 커 피를 받으며 고개를 끄덕였다. P는 나의 불면증에 대해서 알지 못했다. 커피는 차가웠고, 얼음이 잔뜩 들어 있었다. 나는 빨대로 커피를 이리저리 휘저었다. 휘핑크림이 덩어리져서 커피에 섞여 들어가는 모습이 보기에 좋지 않았다. 나는 그것을 조금 마시고, 콘솔박스의 컵 홀더에 올려두었다. P 역시 커피잔을 올려두고, 손에 묻은 물방울을 바지에 문질러 닦았다. 돔 리드에 맺히는 물방울, 반사되고 굴절되는 빛. P가 다시 운전대를 잡았다. 나는 P의 단단하고 갸름한 손톱을 보았고, 살짝 붉은 기운이 도는 손끝을 관찰했고, 하얀 솜털이 돋아 있는 손등을 보았다. P의 상처 없는 손에는 곧 손톱자국과 잇자국이 생길 것이었고, 그것은 흉터로 남을 것이었다.

P는 삼각형을 통과해서 걸어본 적이 있는 사람이었다. 계기는 단순했다. 친구들끼리 술을 마시다가 한 내기에서 졌기 때문이었다. 그들은 어렸고, 혈기왕성했으며, 신기한 일들을 하고 싶어 했다. 위험할수록 좋았고, 위험한지 아닌지 알 수 없다면 더더욱 좋았다. 새벽이었고, 그들은 취해 있었고, 거리에는 오가는 사람이 없었다. 친구들의 시선을 등 뒤로 하고, P는 삼각형을 향해 걸었다.

오랜 시간이 지난 뒤, P는 삼각형을 통과한 일에 대해서 자주 생각했다. 그러나 P가 떠올릴 수 있는 것은 극히 희박한 기억으로, 자신의 신체가 삼각형을 향해서 걸어가고 그것을 지나쳐왔다는 것뿐이었다. 평온한 공기, P는 언제나와 같은 자세로, 언제나와 같은 보법으로, 언제나와 같은 방향으로 걸었다.

촉각으로 느껴지는 것은 없었다. 냄새가 나는 것도 아니었다. 다만 앞으로 걷기 위해서 오른팔을 앞으로 뻗었을 때 삼각형의 표면에 손가락이 닿는 것을 시각적으로 감지할 수 있었고, 마치 검은 물에 손가락을 담근 것처럼 손가락 끝의 한 마디가 삼각형의 표면 너머로 잠기는 것을 볼 수 있었을 뿐이다. P는 오른팔을 뒤로 가지고 오고, 왼팔을 앞으로 뻗었고, 그러고는 다시 오른발을 앞으로 내딛었다. 신체 일부가 붉고 투명한 막, 같은 것을 통과했다. 어떤 소리도 들리지 않았다.

앞으로 다섯 걸음 걷고 나니 그의 등 뒤에 삼각형이 있었다. 탄식이 들려왔다. 붉은 삼각형, 그리고 막. 그건 딱 그 정도의 기억이었다. 앞으로 다섯 걸음을 걸었다는 것, 그리고 붉은 것이 있었다는 것. 실망할 일도, 실망하지 않을 일도 아니었다. 그런 일이었다, 삼각형을 통과한다는 것은.

P와 삼각형에 대한 이야기를 듣고, 나는 P를 만나기 전 지하 공연장에서 무대 장치를 만들고, 부수고, 모든 장면을 측면에서 관찰하던 시기에 대해서 이야기했다. 아마 혼자 밤을 새우던 날에 만들었던 모빌에 대한 이야기도 그때 했을 것이다. 새벽 늦게 혼자 공연장에 남아 잡일을 처리하다 말고, 자투리 셀로판지와 하얀 실로 삼각형 모양의 조각이 달린 모빌을 만든 적이 있었다. 연출이 알면 필요하지 않은 곳에 재료를 사용했다며 화를 낼 것이 분명했지만, 모빌을 만들기 위해 셀로판지를 오릴 때만큼은 마냥 즐거웠다. 그러나 완성된 모빌은 나의 생각만큼 예쁘지 않았고, 하루가 채 지나기 전에 쓰레

기통에 버려졌다. 그 이야기를 할 때 내가 어떤 표정이었는지, P는 기억하지 못했다. 물론 P가 기억하지 못하는 것이 그것만은 아닐 것이었다.

갑작스럽게 가벼운 충격과 함께 몸이 앞으로 쏠리는 느낌이 들었다. 어깨와 좌석이 강하게 부딪혔다. 계기판에서 오른쪽 화살표가 깜빡이고 있었다. 규칙적으로 반복되는 딸깍거림. 뒤에서 끼어들다가 박은 것 같은데. P가 백미러를 확인하며 말했다. 괜찮아? 크게 박은 것 같지는 않은데. 일단 내려봐야 알겠지. P가 차를 갓길에 세우고, 사이드 브레이크를 걸었다. 뒤차의 차주 역시 차를 세운 모양이었다. P는 휴대전화를 꺼내 전화를 걸기 시작했다. 나 대신 내려서 확인 좀 해주지 않을래? P가 들고 있는 휴대전화에서 통화 신호음이 들렸다. 나는 내키지 않는 마음으로 자동차 문을 열었다.

보아하니 뒤차에서 차선을 바꾸려다가 잘못해서 부딪힌 모양이었다. 아니, 그쪽에서 빨리빨리 움직여줘야지, 방해를 한 건 그쪽이라니까? 차주는 상당히 무례했다. 나는 자동차를 살펴보았다. 다행히 크게 찌그러진 곳은 없었다. P는 여전히 운전석에 앉아 이쪽을 돌아보고 있었다. 그런데 말야, 운전은 저 친구가 하는데 괜히 나서서 화는 내고 그래? 나는 P를 돌아보았다. P가 자동차 문을 열려 하고 있었다. 나는 P에게 내리지 말라는 눈짓을 했다. P의 걱정스러운 표정. 나를 위아래로 훑는 타인의 눈길.

보험사 직원이 도착하자 상황은 빠르게 정리되었다. 제가 엔간하면 도와드리겠는데요, 고객님, 요즘은 100:0 판례가 많아져서요. 이 정도는 그냥 합의하시는 게 나을 것 같아요. 네, 아무래도. 그는 석연찮은 표정으로, 그러나 순순히 연락처를 휘갈겨 쓴 종이를 건네주었다. 나는 일부러 더 또박또박한 글씨로 연락처를 적었다. 종이 위로 드리워지는 그림자. 머리카락. 쪽지를 건네고 차로 돌아오니, 카메라가 자동차 바닥에 떨어져 있었다. P가 그것을 주워서 뒷좌석에 다시 올려놓고, 시동을 걸었다. 수풀이 가득한 길. 어깻죽지가 뻐근했다. 국도로 빠져나가는 풀숲 사이에서 산짐승의 시체를, 이미 으깨진 덩어리를 본 듯한 느낌이 들었지만, 고개를 돌려보았을 때 차는 이미 다른 길을 달리고 있었다.

P의 삶은 지극히 평온하게 흘러갔다. P는 삼각형을 생각할 필요가 없는 삶을 보냈다. P뿐만이 아니었다. 삼각형은 아무도 알아차리지 못하는 사이에 천천히 사라져갔고, 이윽고 사람들은 하늘에서 삼각형이 떨어지는 여름을 보낸 적이 있다는 어렴풋한 기억만을 갖게 되었다. 이따금씩 그 여름날들을 떠올릴 때마다, P는 그것이 길을 걷다가 우연히 연예인을 만나 함께 사진을 찍어달라고 부탁하는 것과 비슷한 일이라고 생각했다. 봤다는 막연한 기억만이 남는, 고작 그 정도의 일. 누구하고든지 찍을 수 있는 비슷비슷한 인상의 사진들만이 남는 것. 사람들이 가지고 있는 삼각형에 대한 기억은 고작 그런

것이었다.

P는 가끔 기억해낼 수 없는 것들에 대해서 궁금해했다. 이를테면, 삼각형을 향해 걸어갈 때 오른팔의 각도나, 엄지손가락이 굽어진 정도, 발목이 바깥으로 틀어진 각도, 그의 망막에 비친 삼각형의 상, 홍채와 삼각형의 상이 겹쳐져서 만들어낸 색, 투명한 아크릴 판 같았던 삼각형 뒤로 보이는 빌딩의 모습, 간판의 색, 그 자리에 씌어져 있던 글자, 가로등 불빛 아래로 떠다니던 먼지의 개수 같은 것들. P는 그 먼지들이 삼각형의 붉은 빛을 받아 빨갛게 빛나던 것만을 간신히 기억할 수 있었다. 그럴 때마다 P는 삼각형을 향해 손을 잡고 걸을 사람이 있었으면 좋았을 것이라고 생각했다. 그랬다면 P의 기억도 조금 더 정확해질 수 있었을지도 모르는 일이었다.

어쩌면 그 아이들은 나를 싫어했던 게 아닐까 하는 생각을 하기도 해. 언젠가 P가 말한 적이 있었다. P의 오래된 의심 중 하나였다. 나는 왜 그런 생각을 하는지 물어보았고, P는 그냥, 그런 느낌이 든다고만 말했을 뿐이었다. 나는 P가 지나간 일들에 대해서 너무 많이 생각하지 않기를 바랐다. 이해할 수 없는 것들은 이해할 수 없는 채로 둘 것. 다가가지도, 건드리지도 말 것.

마지막 공연이 있던 날이었다. 2막 중간 즈음에 다섯 개의 조명이 한꺼번에 서서히 들어가는 부분에서 오른쪽 끝의 조명이 제 타이밍에 켜지지 않았다. 워낙에 미세한 부분이어

108

서 알아차리기가 쉽지 않았다. 나는 무대 측면에 있었기에 그것을 발견할 수 있었지만, 대부분의 스태프는 각자의 일을 하느라 너무 바쁜 나머지 무슨 일이 일어나고 있는지 알아차리지 못한 것 같았다.

연출이 화를 내지 않았더라면 모두가 모르는 채로 지나갈 수 있는 일이었다. 장비를 정리하는 내내 연출은 조명 오퍼를 붙잡고 언성을 높였다. 같은 말들이 반복되었다. 목제 구조물을 부수는 소리. 종이를 뜯어내는 동작들. 무대 위에서는 마음만 먹으면 모든 개를 죽여버릴 수 있었다. 악의라고 하기에는 선명하지 않지만, 그 말들은 분명히 불쾌한 색채와 울림을 가지고 있었다. 다들 신경이 곤두서 있었다. 나는 조명기에서 셀로판지를 떼어내는 것에 최대한 집중하려 했지만 계속해서 귓가를 파고드는 말들을 지워버릴 수는 없었다.

조명기가 떨어졌다. 그것은 연출과 한창 언쟁을 벌이고 있던 조명 오퍼의 뒤통수를 정확히 가격했고, 그대로 무대 위로 떨어졌다. 파편들이 튀었다. 삼각형 모양의 파편들. 쇠와 나무가 충돌하는 소리. 조명 오퍼의 몸이 천천히 바닥에 부딪혔다. 비명. 연출이 오른손으로 뒷머리를 쓸어 올렸다. 나는 그의 짧은 머리카락이 손에 눌리는 것을, 그리고 손가락 사이로 천천히 비어져 나오는 것을 보았다. 그의 목덜미에 소름이 돋아 있었다. 구급차, 구급차 불러. 누군가 외쳤다. 나는 무심코 천장을 올려다보았고, 오퍼실 난간에 기대어 아래층을 내려다보던 스태프와 눈이 마주치고 말았다. 그의 손이 떨리고 있는 것 같앉다. 피냄새가 났다. 조명 오퍼의 머리통이 부풀어 오르고 있었다. 꿀렁이며 쏟아져 나오는 액체. 팔딱이는 혈관.

응급실에는 이상하게도 사람이 별로 없었다. 처치실 안에서는 어린 레지던트가 벽에 기대어 쪽잠을 자고 있었다. 카운터에 다가가자 무심하게 모니터를 쳐다보고 있던 간호사가 말없이 눈썹을 치켜 올렸다. 열차 차단기가 올라가는 소리가 희미하게 들려왔다. 초록색 바닥. 페인트 붓 자국이 그대로 굳어 남아버린 벽. 조명기가 떨어져서 사람이 다쳤어요. 간호사는 느릿느릿한 손길로 서류를 여러 장 뽑아서 건네주었다. 일단 이것부터 작성해주세요. 나는 연출이 펜을 여러 번 고쳐 쥐는 것을 보았다.

우리는 수술실 앞에서 밤을 꼬박 새웠다. 병원 화장실의 흐린 연두색 타일, 녹슬어 잘 잠기지 않는 수도꼭지. 형광등 불빛이 흔들렸다. 대기실 텔레비전에서는 심야 야구 방송이 나오고 있었다. 야구공이 펜스를 넘어가는 장면이 반복해서 재생되었다. 복도 바닥에 까맣게 달라붙은 껌딱지. 잠시 졸았다 깨어나니 새벽이었다. 조명 오퍼의 가족들이 새벽 기차를 타고 올라왔고, 연출은 고개를 들지 못했다. 의사들의 느린 발걸음, 그들의 가슴팍에서 달랑이는 청진기. 아직 눈가에 졸음이 붙어 있는, 다크서클이 짙은 간호사들. 나는 그들에게 인사를 건네고, 그들을 한 명, 한 명 지나쳐 병원을 빠져나왔다. 해가 뜰 시간이었다. 삼각형들이 도시 곳곳에 꽂혀 있었다.

나는 가장 가까운 곳에 꽂혀 있는 짙은 녹색의 거대한 삼각형을 향해 다가갔다. 그것은 다른 모든 삼각형과 마찬가지로 투명하게 반짝였다. 눈이 부셔서 자꾸만 미간이 찌푸려졌지만, 나는 눈을 크게 뜨기 위해 오기를 부렸다. 눈이 따가웠고, 눈물이 고이기 시작했다. 하지만 나는 눈을 감거나 찌푸릴수 없었다. 그렇게 하고 싶지 않았다. 나는 삼각형의 주위를 한바퀴 돌았고, 분명히 그 자리에 놓여 있는 삼각형이 측면에서는 사라져버리고 마는 것을 확인했다. 한 바퀴를 도는 동안, 딱두 번 사라졌다 다시 나타나는 짙은 녹색의 조각난 렌즈. 나는삼각형 앞에서 크게 숨을 쉬었고, 눈가의 물기를 닦아내고, 삼각형을 향해서 마주 걸었다.

삼각형의 빛 속에서 보는 사람들은 종이 같았다. 어떤 사람들은 풀 같았고, 어떤 사람들을 고무 지우개 같았다. 개중에는 플라스틱처럼 단단한 사람이 있었고, 그러나 쉬이 꺾어버릴 수 있었고, 또 어떤 사람들은 유리알처럼 동그랗고 반짝였다. 나는 그대로 삼각형을 통과해, 앞으로 걸어갔다. 빛이 너무밝아서, 눈이 몹시 아팠다.

견주는 이미 약속 장소에서 기다리고 있었다. 개는 목줄에묶인 채로 테이블 아래에서 놀고 있었다. 사진에서 보던 대로애교 있는 인상의, 두려움이라고는 찾아볼 수 없는 얼굴을 한개였다. 해가 저물고 있었다. P가 카메라를 건네주었다. 나랑개랑 첫 대면 하는 걸 찍어줄 수 있어? 나는 그러겠다고 했다.

개를 다룰 때에는 먼저 눈높이를 낮추고 손등을 내어주

어야 한다. 개가 손등의 냄새를 충분히 맡을 수 있도록 시간을
주어야 한다. 개가 안심한 기색을 보이면, 그때부터 천천히 머
리를 쓰다듬는다. P가 큰 소리로 읽어주었던 애견 안내서들.
P는 훌륭하게 개와 첫 대면을 치러냈다. 나는 가슴 앞에 카메
라를 고정하고, 셔터를 길게 눌렀다. 셔터가 연속해서 닫히고
열리는 소리. 크게 다르지 않은 사진들이 잔뜩 찍혔다.

우리는 개를 데리고 자동차에 올라탔다. P가 시동을 걸었
다. 올 때와 마찬가지로, 나는 앞자리의 조수석에 앉았고, 개는
뒷좌석에 마련한 자리에 태웠다. 운전을 하는 동안 개가 난동
을 피울까 봐 걱정했지만, 개는 생각 이상으로 얌전하게 자기
자리를 지키고 있었다. 나는 카메라로 찍은 사진들을 확인했
다. 역광 때문에 사진이 잘 찍히지 않았다. P의 손등, 개의 발
톱. P는 말이 없었고, 라디오는 수다스러웠다. 이따금씩 백미러
를 볼 때마다 시종일관 까만 개의 눈을 볼 수 있었다. 개는 자
기가 있던 곳을 이미 떠나버렸다는 것을 알지 못했다. 그는 아
마 영원히 주인에게 돌아갈 수 없을 것이었다.

빨간 공을 줍지 않았더라면 좋았을 것이다.

망가진 겨울여행

수영에게, 잘 지내니. 그렇게 첫 문장을 쓰고 잠시 망설인다. 아무렴 소식이 없으니 잘 지내고 있을 거라고 막연하게 예상은 하지만서도, 정작 편지를 쓰겠다고 마음을 먹고 나니 잘 지내냐는 질문 외에 어떤 말로 편지를 시작하면 좋을지 영 묘수가 떠오르지 않는다. 그래도 몇 년 만에 쓰는 편지니까 영화에 나오는 것처럼 조금은 멋진 말로 편지를 시작하고 싶은데, 잘 지내냐는 말 외의 다른 말로 편지를 시작하는 법을 배운 적이 없어서 결국 배운 대로 멋이라곤 없는 첫인사를 쓰고 만다.

수영이에게.

잘, 지내니.

문득 편지를 쓰고 싶어져서 집에 돌아오는 길에 편지지를 샀는데, 편지를 받아줄 만한 사람이 좀처럼 떠오르질 않았다. 휴대전화 주소록과 SNS 친구 목록을 몇 번씩 훑어보아도 낯익은 이름의 주인들이 낯설게 다가오기만 해서, 또는 그 낯익은 이름의 주인들이 편지지를 받아 들고 편지를 읽어 내려가는 그 모습이 낯설게 느껴져서 그냥 그만두고 싶은 마음이 조금 들기도 했다. 그러나 이런 이야기는 편지에 쓰지 않기로 한다. 수영이라면 이런 말들 하나하나에 상처를 받을 테니까. 마치 자음과 모음의 획 끝마다 모서리마다 가시가 돋혀 있기라도 한 것처럼 그리고 그 가시가 정말로 살갗을 파고들 수 있기라도 한 것처럼, 수영이는 그 모든 단어를 하나하나 곱씹고 되뇌고 상처를 받을 것이다. 망가진 오르골을 샀을 때처럼 말이다.

그 오르골을 산 건 우리가 오타루에 갔을 때였다. 이제 갓 사십대에 들어선 것 같은 여행 가이드가 일행을 데리고 간 곳은 눈이 내리는 운하 근방의 상점가였다. 오르골이 유명하다고 했지만, 오르골이 오르골이지, 뭐 별다를 게 있겠나, 그런 생각을 하면서 아무 열의 없이 가게 안을 둘러보다가, 책상 맞은편에서 몸을 푹 숙이고 오르골을 들여다보고 있던 너를 보았다. 오르골 가게 안에 흩어진 사람들이 제각기 오르골 태엽을 감고 있었고, 태엽이 풀리면서 흘러나오는 노래는 거의 엇비슷해서 내가 무엇을 듣고 있는지 알 수 없었다. 네가 천천히 상반신을 펴며 이쪽으로 시선을 보냈고, 우리는 잠깐 눈이 마주칠 뻔했는데, 그때 마침 누군가 오르골을 떨어뜨리고 말았다.

수영이였다. 제법 큰 소리가 났다. 모르는 말로 오가는 말들을 우리는 멍청한 표정으로 듣고만 있었다. 아무리 들어도 들리지 않는 말들을 듣는 것이 지겨워서, 나는 바닥에 떨어져 산산조각이 난 오르골을 보고 싶었지만 오르골이 떨어진 곳은 내 시선이 닿지 않는 곳이었다. 아마 진열대 사이의 좁은 틈을 지나가다가 가방으로 오르골을 친 모양이었다. 결국 수영이는 그 오르골을 샀다. 하필이면 적지 않은 가격이 나가는 제품이었다. 아무짝에도 쓸모없는 쓰레기를 비싼 돈을 주고 산 것에 대해서 수영이는 남은 여행 기간 내내, 그리고 그 이후로도 스스로를 탓했다. 그럴 필요가 없는 일이라고 여러 번 얘기해도 수영이는 듣지 않았다.

수영이가 오르골을 떨어뜨린 것은 그때 네가 수영이 곁을 지나가면서 수영이의 등을 쳤기 때문이었다. 하지만 구태여 사실관계를 지적하고 잘잘못을 따지는 일이 굉장히 유치하게 느껴져서 나는 결국 말을 꺼낼 타이밍을 찾지 못했다. 네가 침울해진 수영이를 달랬고, 나는 그것을 묵묵히 보고 있기만 했다. 그때 나는 무슨 말을 하면 좋을지 몰랐어, 그렇게 편지에 쓰고 싶지만 쓰지 않을 것이다. 수영이는 오르골 얘기를 하는 것을 좋아하지 않을 것이기 때문이다. 수영이에게, 잘 지내니. 그렇지만 잘 지내냐는 인사 다음으로는 무슨 문장을 쓰면 좋을지 잘 모르겠다.

사람들은 왜 편지를 쓸까? 영화나 드라마를 볼 때마다 항상 궁금했다. 영화 속의 사람들은 갑작스럽게 도착한 편지 때문에 서로를 떠올리게 되고, 미워하게 되고, 혹은 용서하거나 갑작스럽게 사랑에 빠지기도 하고, 그러다가도 다시 서로를 미워하게 되거나 가끔은 죽여버리거나 죽어버리기도 했다. 그렇지만 그런 모든 이야기는 영화 속에서만 존재하는 법이고, 그 편지의 발신인과 수신인은 대단하지 않을지는 몰라도 매력이 있는, 사랑할 만하고 사랑받을 만한 어떤 사람들로 정해져 있는 것이다. 그리고, 내가 그런 사람이 아니라는 것은 너무나 확실하다.

나는 다시 펜을 들고, 내가 적은 글자들을 읽는다. 수영이에게, 잘 지냈니. 그렇지만 내가 쓴 글씨가 마음에 들지 않는다. 어떻게 보아도 예쁜 글씨는 절대 아니다. 글씨가 예쁘지 않은 것은 성급하기 때문이라고 들었다. 글씨를 쓰는 속도는 생각하는 속도만큼 빠르지 않으니까 생각하는 속도대로 글씨를 쓰려고 하면 자연스럽게 글씨의 모양이 틀어지기 마련이라고. 반쯤은 맞고 반쯤은 틀린 말 같다. 수영이에게 할 만한 말이 떠오르지 않는데도 나의 글자들은 영 중심을 잃고 비틀비틀 무너지기만 하니 말이다. 찢어버리고 싶다. 그렇지만 마음에 들지 않는다고 죄다 찢어버렸다가는 아무것도 쓸 수 없게 될 것이다. 나는 휴지통에 들어 있는 종잇조각들을 잠시 생각한다.

수영이가 있는 곳이 어디인지를 모르니까, 나는 흔한 날씨 얘기도 꺼낼 수가 없다. 내가 있는 곳의 날씨는 춥고 건조하고 이따금 미세먼지 층이 두껍게 하늘을 덮고 가끔씩 맑게 갠다. 이사를 몇 번 해도 날씨는 크게 바뀌지 않았다. 거긴 날씨가 어때? 그곳 생활은 어때? 지낼 만해? 괜찮아?

떠오르는 말은 질문밖에 없다. 답을 듣지 못해도 괜찮은 질문들이다. 어차피 답은 정해져 있다. 괴롭게 하거나 상처를 주는 사람은 분명히 있을 것이고, 알지 못하는 사이에 실수를 하거나 잘못을 저지르는 날도 분명히 있을 것이다. 이곳에서의 삶이 힘든 딱 그만큼, 그곳에서의 삶도 녹록지는 않을 거라고 나는 함부로 짐작하고 멋대로 확신한다. 아마도 잘 지내냐는 질문에 대해서 잘 지낸다는 것 외의 대답을 하기는 쉽지 않을 것이다. 역시나, 의미 없는 문장들이 반복될 뿐이다.

∗

북해도에 가자고 한 것은 너였다. 비행기 가격이 몹시 싸. 아마 이런 특가는 잘 나오지 않을 거야. 북해도에 뭐가 있는지도 잘 몰랐지만 북해도라는 지명의 어감이 마음에 들었다. 그래도 비행기를 타고 멀리 나가는 것은 부담스러워서, 비행기 값을 선뜻 결제하는 것이 어쩐지 꺼려져서 확답을 주는 것을 차일피일 미루고 있었다.

그 와중에 너는 일본 여행 정보를 공유하는 커뮤니티에 가입하고, 매일같이 인터넷 블로그에 올라온 호텔 후기나 관광지 정보를 내게 보내주었다. 운하 투어는 여러 명이 한꺼번에 결제하면 조금 더 싸대. 인터넷에서 동행을 구할 수 있을지도 몰라. 나는 너의 어떤 질문에도 명확한 의견을 내놓지 않았는데, 그것은 네가 그렇게 의욕적인 모습을 보이는 것이 무척 낯설었기 때문이다. 그때까지 내가 알고 있던 너는 대체로 우울하고 무기력한 사람이었다.

　그러니까, 내가 네 여행에 동행했던 것은 너의 그런 모습을 조금 더 보고 싶었기 때문이었다. 그건 우리의 여행이 아니라 네 여행이었고, 나는 마치 네가 끌고 다니는 14인치 캐리어의 부속품 같았다. 익숙하지 않은 일이지만 결코 싫지 않았고, 오히려 재미있었다. 여행이 조금 더 길면 좋겠다는 생각을 할 정도로 즐거웠다.

　이런 이야기라면 편지에 써도 나쁘지 않을 것 같다는 생각이 든다. 잘 지내냐는 인사 외의 다른 말을 건넬 수 있다면 그건 응당 우리가 처음 만났을 때의 이야기여야만 할 것이다. 여행을 가려고 한 건 내 생각이 아니었어. 언젠가 얘기했던 것 같지만, 나는 사실 여행을 별로 좋아하는 사람이 아니야. 모르는 장소에 가서 새로운 풍경을 보고 처음 보는 사람들과 대화를 트는 일은 생각만 해도 지치니까. 내가 좋아하는 것은 내가 잘 아는 익숙한 장소에서 익숙한 사람들을 만나서 충분히 상상할 수 있는 안전한 맛을 즐기고 위험하지 않은 방법으로 집에 돌아오는 일이야. 나는 이런 문장들을 생각하고, 그러나 이런 말들을 옮겨 적는 것은 어쩐지 내키지 않는다.

　수영이를 처음으로 만난 것은 운하 투어 전날 저녁이었다. 숙소 근처의 식당에서 만나 먼저 안면을 틀 생각이었다. 수영에게도 동행이 있다고 했으니, 4인 투어를 신청할 수 있었다. 하지만 약속 장소에 나온 것은 수영 한 명뿐이었다. 같이 오기로 한 일행이 갑자기 몸이 안 좋아져서 함께 여행을 올 수 없었다고 했다. 취소하기에는 너무 늦어져서 어쩔 수 없었다고. 나는 그 대답이 석연치 않다고 생각했다. 그러나 그 생각은 관광지의 들뜬 공기에 묻혀서 곧 흘러가버리고 말았다.

알고 보니 수영이는 나와 같은 동네에 살고 있었고 너와는 중학교 동창이기도 했다. 그러나 나는 수영이를 마주친 기억이 없었고 너 역시 중학교 시절의 수영이를 기억할 수 없다고 했다. 이상한 일이네. 이상한 일이야. 정말 이상하지 않아? 그날 저녁 내내 우리가 제일 많이 한 말이었다. 무엇이 이상한지도 모르면서 우리는 이상하다는 단어가 나올 때마다 키득거렸고, 맥주를 한 잔씩 더 시켰고, 언제부턴가는 눈앞에 놓인 액체의 맛도 알 수 없게 되었지만, 그래도 좋다고 생각했다. 나는, 그러니까 그 자리에 있었던 세 명 중 한 명이었던 나는 그렇게 생각했었다는 뜻이다.

✳

기억나? 여행에서 돌아온 다음에 우리는 종종 만났었잖아. 네게 얘기했던 것 같지만, 나는 사실 여행을 별로 좋아하는 사람이 아니야. 이 문장의 마침표를 찍고, 나는 잠시 망설인다. 수영이가 우리 사이에 있었던 일들을 기억하지 못하기를 바라는 마음이 있는 것 같다. 수영이를 알게 된 것은 네가 오타루에 가자고 했기 때문이니까, 너를 빼놓고 수영이를 만나는 일이 왠지 내키지 않으면서도 나는 수영이에게서 오는 연락을 거절하지 않았다. 실은 만나도 할 이야기가 많진 않았어. 사실 우리 사이에 공통점이라곤 별로 없었으니까. 오타루에서 만났다는 것, 오르골 가게에 같이 갔었다는 것. 침울하게 그곳을 나와, 여행 가이드가 데리고 간 식당에서 저녁 식사를 하고, 다음 날 아침에 만날 시간을 정하고, 그리고 함께 공항으로 가는 밴을 탔다.

공항까지 달리면서 본 창밖의 풍경은 지겨울 정도로 하얀색이었다. 신치토세 공항에는 놀라울 정도로 아무것도 없어서, 할 만한 것이라고는 공항 안의 편의점에서 파는 삼각김밥을 씹는 일뿐이었다. 내가 고른 것은 연어 알이 들어 있는 삼각김밥이었는데, 깨물 때마다 연어 알이 터져서 하얀 쌀이 빨갛게 물들었다. 조금 짠맛 외에 별다른 맛이 느껴지지는 않았다. 정말 피곤해, 집에 가고 싶어. 삼각김밥을 먹다 말고 수영이가 말했다. 살짝 목이 멘 듯했다. 음료수를 집어 들려고 몸을 움직이자, 수영이의 가방 안에서 망가진 오르골이 덜그럭거렸다. 듣기에 좋은 소리는 아니었다.

오타루는 이제 별로 가고 싶지 않아. 가끔씩 만날 때마다 수영이는 그렇게 말했다. 오타루라는 단어를 들으면 내가 망가뜨린 오르골이 생각나. 나는 수영이가 강제로 구입해야만 했던 망가진 오르골이 어디로 갔는지, 그것이 여전히 수영이의 가방에 들어 있는지 궁금했지만 섣불리 질문을 건네지는 않았다. 오타루와 오르골에 대해서 이야기할 때, 수영이는 정

122

말로 상처 입은 것처럼 보였다.

그렇게까지 상처받을 일은 아니지 않니,라고 말하고 싶었지만 섣불리 말을 건네는 것은 수영이의 기분을, 수영이가 처한 상황을 대수롭지 않게 여기는 것처럼 보일 것 같았다. 실제로도 그런 면이 없는 건 아니긴 했지만, 어쨌든 그런 마음을 아무 생각 없이 드러내 보일 정도로 눈치가 없는 편은 아니어서 오타루와 오르골에 대한 얘기를 할 때마다 입을 꾹 다물 수밖에 없었다. 수영이도 어쩌면 내 마음을 눈치챘던 건지도 모른다. 대화를 나누는 시간보다 침묵의 시간이 조금씩 길어졌다. 네 얘기를 했으면 좋았을지도 모르겠다. 그렇지만 그렇게 하고 싶지 않아서, 너에 대해서 도대체 어떤 말을 하면 좋을지 모르겠어서, 수영이를 만날 때마다 입을 꾹 다물고 있었다.

너는 확실히 수영이에게 좋은 인상을 받은 것 같았다. 너는 종종 수영이와 주고받은 이야기들에 대해서 내게 말했고, 나는 네 앞에서는 수영이와 따로 만난 일이 없었던 것처럼 굴었다. 이유는 모르겠지만, 내가 수영이와 가까워지는 것을 바라지 않을 것이라는 직감이 들었기 때문이었다. 가끔 네가 수영이에 대해서 얘기할 때면, 수영이가 혹시 나와의 만남에 대해서 이야기한 것은 아닐지 걱정스러워하기도 했다. 그럴 이유가 없었는데도, 그런데 그때는 그게 그렇게 신경이 쓰였어. 이상한 일이지.

나는 너의 가장 친한 친구였고, 이렇게 말하면서도 나는 너의 어떤 점을 좋게 생각하는지 쉽게 떠올릴 수가 없는데, 그것은 내가 다른 사람에게 그러하듯이 너 역시 나에게 얼마간 좋고 얼마간 나쁜 사람이었기 때문이고, 나는 사실 네가 나를 좋아했는지 아닌지 확실하게 말할 수 없었다. 가끔 너는 나를 미워하기 위해 나의 친구를 자처하는 것 같기도 했고, 가끔은 이 세상에서 네가 무엇인가를 털어놓을 수 있는 사람은 나밖에 없는 것처럼 여겨지기도 했다. 그래서 어떤 비밀들은 절대로 발각되지 않도록 한사코 숨겨야만 할 것 같은 생각이 들기도 했는데, 너 역시 그랬을지는 알 수 없는 일이었다.

＊

여행 첫날에 어딜 갔었지, 제법 늦은 시간에 비행기에서 내린 기억이 난다. 아마 아무 곳에도 가지 못했을 것이다. 일본식 주소는 이해하기가 어렵고, 어둠 속에서 파랗게 빛나는 로손 편의점의 간판을 보고 네가 조금 무섭다고 한 것이 생각난다. 그거야 네가 너무 괴담을 많이 읽어서 그런 거라고 나는 말했고, 여행을 오기 전까지 너는 정말로 매일같이 가만히 누워서 휴대전화로 괴담을 읽는 것으로 하루하루를 흘려보내곤 했다.

그런 네가 아무래도 못 미더워서 비행기를 타는 전날 급하게 유명하다는 관광지 목록을 정리해 갔지만, 내가 만든 목록은 별 소용이 없었다. 네가 뭔가를 하고 싶어 한다는 게 신기해서, 나는 아무런 정보도 찾아보지 않은 것처럼 네가 이끄는 곳으로 따라갔고, 네가 가장 가고 싶어 했던 수족관을 제외한 장소들은 거의 다 방문할 수가 있었다. 관광지를 돌아다니고 군것질을 하고 숙소로 돌아오는 길에는 편의점에 들러서 맥주를 한두 캔씩 샀고, 자기 전에는 나란히 누워서 그날 갔었던 장소에 대해서 이야기하고, 네가 들려주는 괴담을 듣기도 했다. 네게는 어떤 얘기든 두 배쯤 더 무섭게 하는 재주가 있었고, 그런 얘기를 듣다 보면 어쩐지 영원히 집에 돌아갈 수 없을 것 같아서 불안해지기도 했다. 그렇지만 그런 불안감은 귓가에서 들려오는 규칙적인 숨소리에 귀를 기울이다 보면 금방 녹아버리곤 했다.

네가 또 손목을 그었다는 연락을 받고 급하게 택시를 잡으러 나가면서, 나는 그때 그 낯선 호텔 방에서 들었던 네 숨소리를 생각했다. 어둠 속에서 부옇게 떠오르던 천장의 무늬를 생각하고, 네가 불길하다고 했던 파란색 편의점 간판을 생각하고, 귀신이라고 나쁘고 싶어서 나쁜 건 아닐걸, 네가 그렇게 말했을 때의 목소리, 발치에 뒹굴던 맥주 캔 같은 것을 두서없이 떠올렸다. 빈 맥주 캔을 발끝으로 굴리며 재미있어하던 네 모습이나, 돌아오는 비행기 안에서 수영이와 연락처를 교환하던 모습, 이번 여행은 정말 즐거웠다고, 조금 열심히 살 수도 있을 것 같다고 말했던 네 모습은 하나도 떠오르지 않았다.

손목의 상처는 깊지 않다고 했다. 침대 위에서 죽은 듯이 눈을 감고 있는 너를 나는 인사도 하지 않고 노려보았다. 미안해. 화났어? 근데 있잖아, 진짜로 잘해보려고 하는데 안 돼. 네 목소리가 가라앉은 것이 마음이 쓰여서, 대답을 하지는 않았다. 사실은 나도 잘해보고 싶은데 잘되지 않는 게 너무 많아서, 아무런 말도 할 수가 없었다.

그러니까 자기만의 방이 생긴다는 것은 기체가 새어 나갈 수 있는 모든 틈을 꽉꽉 틀어막고 가스 밸브를 열어놓을 수 있다는 뜻이었다. 차가 생긴다는 것은 어느 날 새벽 시동을 걸고 주차장을 나가 인적 없는 차도의 가드레일에 차체를 박아버릴 수 있다는 것을 뜻했다. 신경을 거스르는 소리가, 귓가에서 좀처럼 사라지지 않는 소리가 완전히 사라질 때까지 한껏 긴장하지 않아도 된다는 것을 의미하고, 그 소리가 정말 사라지지 않는다면 뛰어내리거나 몸을 던져버릴 수도 있다는 뜻이기도 했다. 눈앞에 놓인 머그컵을 부수어 그 파편으로 동맥을 그을 수도 있을 것이고, 필통에서 볼펜을 꺼내어 목뒤를 콱 찌를 수도 있을 것이다. 내게 이런 것들을 가르쳐준 사람은 너였다.

그 후로도 종종 너는 자살 시도를 했다. 너를 알고 지냈던 몇 년 동안 이런 일이 없었던 것은 아니었지만, 한동안 괜찮아 보였던 네가 갑자기 불안해진 것을 어떻게 받아들여야 할지 당시의 나로서는 알 수 없었다. 지금의 나라고 해서 그때의 나보다 더 나을 것도 없겠지만, 내가 할 수 있는 건 너의 가장 가까운 친구로서, 네가 가장 자주 연락하는 사람으로서, 보호자는 될 수 없지만 보호자 같은 사람으로서 네 곁에 있는 것뿐이었다.

그리고 나는 수영이에 대해서 자주 생각하지 않았다. 수영이라는 이름을 듣고 그게 누구인지 떠올리기 위해 내가 교류했던, 혹은 친하게 지냈던 사람들의 그리 길지 않은 목록을 곰곰이 되짚어봐야 하는 시기가 왔을 즈음에 수영이가 멀리 떠나게 되었다는 소식을 들었다. 갑작스러웠지만 놀랍지는 않았다.

다들 언젠가는 어디로든 가니까. 수영이가 멀리 떠나게 되었다는 소식을 전해준 것은 너였다. 네 말투가 약간 쓸쓸하고 섭섭했다는 것을 나는 뒤늦게 떠올린다. 그런 말들에 나는 고개를 끄덕끄덕, 맞아, 어쩔 수 없지,라고 마음에 없는 대답을 덧붙이고, 이상하게 수영이의 얼굴을 떠올리려고 하면 오르골을 망가뜨린 후의 표정밖에 생각이 나질 않았다. 웃는 얼굴이 착해 보인다고 생각했던 것도, 느릿느릿한 말투가 마음에 든다고 생각했던 것도 머리를 감으면서 읽은 샴푸 용기 뒷면의 글자처럼 영 낯설었다.

그대로 서로 소식이 끊겼으면 좋았을까? 나는 생각한다. 어쩌면 듣고 싶지 않은 소식들을 더 듣지 않아도 되는 기회가 되었을지도 모른다. 나는 자꾸 가능성을 타진해보지만 과거는 이미 선택된 미래들로 구성되어 있기 때문에 그런 것들을 생각하는 것은 아마 아무런 의미도 없을 것이다. 수영이가 어디로 갔는지는 듣지 못했다. 네 소식을 듣는 일 역시 점점 드문 일이 되었다.

*

　오늘은 정말 이상한 날이었어. 먹을 것을 챙겨주던 길고 양이 가족이 며칠 전부터 갑자기 보이지 않는 것부터가 이상 했는데 말야. 그다지 좋은 이유로 나온 것도 아닌 전 직장의 동 료가 뜬금없이, 결혼 소식을 전해왔고, 연달아서 부모의 전화 를 받았다. 긴 대화였지만 별다른 내용은 없었고, 그냥 지칠 뿐 이었다. 받기로 한 택배 두 건은 모두 예전에 살던 집으로 잘못 배송되었다고 해서, 별일이 아닌데도 나도 모르게 한숨이 나왔 다. 그래서 편지를 쓰고 싶었나 봐. 나는 이 문장을 쓰고 조금 망설인다. 억지로 이유를 갖다 붙이려는 것처럼 보이는 것이 싫지만, 제멋대로 만들어낸 이유가 아니라고 할 수도 없다.

　네게 상처를 주는 사람이 되고 싶지 않았다. 지금 생각하면 너와 수영이가 좀더 가까워졌으면 좋겠다는 생각을 했던 것 같 기도 하다. 수영이는 소심하고 소극적이고 걱정이 많은 사람이 지만, 네가 좋아하는 사람이 반드시 네게 좋은 사람은 아니겠 지만 그래도 그랬으면 좋겠다는 생각을 했던 것 같기도 하다. 그래서 수영이에게 네 얘기를 할 수 없었던 걸지도 모른다.

　누군가의 상황이나 처지가 더 나아지기를 바라는 마음, 그런 게 누군가를 좋아하는 것이라면 나는 분명히 너를 좋아 했다고 말할 수 있을 것이다. 그리고 너를 좋아하던 그 미지근 한 마음의 온도가 너에게 무엇이었을지, 그게 무엇이든 의미 를 갖기는 한 건지, 이제 나는 알 수가 없다. 너를 좋아해서, 네가 소중해서 상처를 주기 싫었던 게 아니라 나를 미워하게 되기 싫었던 그런 마음이었을지도 모른다는 생각을 한다. 어쩌면 그냥 너를 어딘가에 떠맡겨버리고 싶은 마음이었을지도 모른다고, 네 친구가 되고 싶었던 게 아니라 네게 도움이 되고 싶은 마음이었던 게 아니라 그냥 내 외로움을 덜어내어줄, 일방적으로 기대고 의지할 곳이 필요했던 거라고, 나는 굳이 가장 못된 설명을 만들어낸다.

무언가를 증명하기 위해 덧대는 말들이 거추장스럽게만 느껴진다. 네가 왜 그렇게 멀리 가야 했는지 알아. 나는 쓰지 않는다. 그 대신 이사를 했다는 얘기를, 직장을 몇 번인가 옮기고 지금은 일을 전부 그만두었다는 얘기를, 혼자 살던 집을 정리하고 지방의 본가로 내려왔다는 얘기를 적어 내려간다. 오르골에 대해서 쓰지 않으려 하지만 오르골을 떠올리지 않을 수가 없다. 오르골,이라는 단어를 적기 전에 나는 그 단어를 작게 한 번 말해본다. 텅 비어 있는 '오', 미끄러지는 것 같은 '르', 그리고 데굴데굴 굴러서 툭 하고 떨어져버릴 것 같은 '골'.

오르골은 나무 상자와 태엽과 태엽에 연결된 작은 금속 통과 금속 통의 둥근 면을 따라 뚫린 작은 구멍들과 그 태엽이 돌아갈 때 그 구멍을 튕기는 작은 금속 부품으로 이루어져 있으니까, 그리고 오르골은 태엽을 감아 음악을 듣기 위한 물건이니까, 어떻게 망가뜨렸느냐에 따라 망가짐의 모양새가 달라지지 않을까. 수영이가 망가뜨린 오르골을 망가진 오르골이라고 할 수 있는지에 대해서 나는 오랫동안 생각했다. 생각하면 생각할수록 수영이가 망가뜨린 오르골의 실물을 보지 못한 것이 아쉽게만 느껴졌다.

손을 댄 적 없는 물건들이 망가지기도 하던가, 그렇지만 그 오르골은 손을 대서 망가진 게 아니니까, 손을 대지 않아서 망가진 거니까, 마치 물 주는 것을 오랫동안 잊고 있었던 화분처럼 저절로 말라 죽어버린다. 떨어뜨린 것을 발견한 순간 곧바로 몸을 숙여 흩어진 조각들을 주워 모아도, 미세한 파편이 반드시 누락된다.

하지만, 수영아. 이 편지는 아마 부칠 수가 없을 거야. 수영이 너는 어디로 간다는 얘기도 해주지 않고 사라졌으니까. 하지만 나는 분명히 알고 있다. 수영이에게 내가 먼저 연락을 했더라면, 멀리 떠나간다는 소식을 들었다고, 몸조심하고 잘 지내라는, 몇 마디 안 되는 말들을 건넸더라면 수영이는 기꺼이 어디로 가는지, 어디에서 얼마나 있을 것이고 무엇을 할 것인지 말해주었을 것이다. 그런 건 그냥 알 수 있는 일이다.

네가 갑자기 떠난다고 해서 정말 놀랐어.

거짓말이다.

나는 잘 지내고 있어.

이것 역시 거짓말이다.

책상 앞에는 수신인이 다른 두 통의 편지가 놓여 있다.

*

나는 가끔 꿈을 꾸었다. 사람의 이름을 오려내는 꿈이었다. 너를 비롯한 얼마 되지 않는 친구들, 직장 동료와 가족 들, 잠깐 알다 스쳐 지나간 사람들, 각종 명단에서 마주치고 잊어버린 이름들이 자꾸 꿈에 나와서 나는 그 글자들을 열심히 오려내고 토막 내고 자르고 부수고 조각내고 다지고 망가뜨리고 그러다 손에 묻는 것들을 신경질적으로 털어내고 문지르고. 그런 꿈을 꾸다가 깨면 시계는 언제나 같은 시간을 가리키고 있었다.

섬세하게 주의를 기울이고 세심하게 주변을 살피는 일에는 좀처럼 재주가 없어서, 나는 겨우내 화분 몇 개를 죽여 내다 버리고 말았다. 식물 각각이 죽은 이유에 대해서는 알지도 못했고, 알고 싶지도 않았다. 순전히 네가 죽은 겨울이었기 때문이었다. 장례식에는 가지 않았다. 도리가 아닌 줄 알면서도 몸을 움직일 수가 없었다. 찬 공기가 근육을, 신경 세포를 다 얼려버린 모양이었다. 변명이었다. 네게 마음을 쓰지 못했던 게 싫었는데, 몸을 내 맘대로 움직일 수도 없었다.

수영아, 나는 적는다. 너는 그 장례식에 갔었니. 그렇지만 이 문장은 어딘가 어색하다. 마치 외국어 교재의 예문을 베껴 적은 것 같다. 그렇지만 나는 어떤 외국어 교재에서도 장례식이라는 단어를 배운 적이 없다. 그런데 한국어로 장례식이라는 단어는 언제 배웠지. 우리는 언제 죽음이라는 단어를 알게 되었고 의미라는 의미를 알게 되어 그 둔한 칼날로 살갗을 자꾸만 베고 찢고 베이지 않고 찢어지지 않는 혈관을 괴롭히게 되었는지, 골똘히 생각해도 답은 나오지 않는다. 나는 네 유서를 다시 읽어본다.

유서를 전해준 것은 너의 언니였다. 네가 내 앞으로 무언가를 남겼다는 사실이 기가 막혀서, 나는 그 봉투를 열어볼 생각도 하지 않았다. 그런데도 봉투에는 이미 뜯어본 흔적이 있었다. 몇 년 만에 처음으로 마주하게 된 네 언니는 너와 무척 닮은 얼굴인데도 언뜻언뜻 심술궂은 느낌이 들어서, 그게 네 이야기를 들었기 때문인지, 아니면 정말로 심술궂은 사람인 건지 궁금했지만 진실을 알아낼 기회를 얻을 수는 없었다.

나는 이제야 열어본 네 유서 속의 문장들을 천천히 옮겨 적는다. 여전히 내 글자는 예쁘지 않다. 나는 덧붙인다. 수영아, 어떻게 생각해. 그러고는 편지지 위에 적어놓은 글자들을 노려본다. 마치 어딘가에서 베낀 말 같다. 너무 많이 들어서 이제는 아무런 감흥도 없어진 노랫말 같다. 그런데도 괜히 마음이 울렁이는 것 같아서, 나는 일부러 손바닥으로 편지지 윗부분을 가리고 볼펜을 든다.

수영아, 나는 적는다. 오르골이 바닥으로 떨어지는 그 순간, 나는 수영이가 아닌 너를 보고 있었다. 그렇지만 내 시선이 네게 옮겨 가기 전에 내가 보고 있던 것은 수영이였다. 하얀 이마 위로 떨어지는 가는 머리카락이, 고개를 숙이고 있어 눈을 반쯤 덮은 것처럼 보이는 눈꺼풀이 참 예쁘다고 생각했었다. 숨어 있는 것만 같은 기분으로 지켜보다가 수영이가 고개를 들자 나도 모르게 시선을 돌려버리고 말았다. 수영아. 나는 내가 쓴 이름을 다시 읽는다. 오래 부르지 않은 이름은 낯선데, 오래전에 알던 이름은 낯설지 않다. 마치 그 오르골을 보고 있던 수영이의 얼굴 같다. 그건 굳이 오래 생각하지 않아도 알 수 있는 표정이었다.

*

두고두고 떠올리면서 웃을 수 있는 추억이 생긴 것도 아니었고, 차가운 공기가 그리워질 즈음 꺼내볼 수 있는 기념품을 손에 넣은 것도 아니다. 수신인의 주소를 모르는 편지는 부칠 수 없을 것이고, 망가진 오르골은 찾을 수 없다.

인컴플리트 피치

산책하는 횟수가 줄어들었다. 처음에는 일주일에 다섯 번이었던 것이 어느샌가 일주일에 세 번이 되어 있었고, 이윽고 단 하루도 바깥에 나가지 않는 날이 점점 잦아지기 시작했다. 그러다 보니 어느 순간에 이르러서는 산책을 한다는 것이 굉장히 많은 마음의 에너지를 필요로 하는 일처럼 여겨지기 시작했던 것이다. 산책을 나가는 대신, 그는 컴퓨터 앞에 앉아 인터넷 게시판에 올라오는 글들을 읽는다. 점심시간은 그리 길지 않다. 사무실에는 아직 음식 냄새가 남아 있다. 게시판의 몇 페이지를 거슬러 올라갔다 첫 페이지로 돌아오니 새로운 글들이 올라와 있다. 그는 그것들 역시 읽는다.

휴대전화가 진동한다. 몇 주 뒤 함께 여행을 가기로 한 일행에게서 온 메시지다. 그는 잠시 모니터에서 눈을 떼고, 메시지를 빠르게 훑어본다. 여행지에서 묵을 숙소를 골라달라는 내용의 메시지에는 적당히 넓은 침대와 책상, 옷장 등으로 채워져 있는, 비슷한 구조와 색조로 이루어진 방의 사진이 여러 장 첨부되어 있다. 그리고 해변의 사진들. 호텔들은 하나같이 아름다운 뷰를 장점으로 내세우고 있다. 백은 그것들을 빠르게 훑어보고, 자신은 나머지 일행의 의견에 따르겠다는 답장을 보낸다. 그러고는 다시 모니터로 시선을 돌린다.

삼가 고인의 명복을 빕니다. 비슷한 제목의 글이 여러 개 올라와 있다. 정말 놀랐어요. 엊그제까지도 글을 올리시는 걸 봤는데. 그는 한 번 읽은 글을 다시 읽고, 창을 닫은 후에 다시 검색 창을 열어 똑같은 게시판에 접속한다. 여전히 크게 다르지 않은 제목의 글들이 게시판 첫 페이지를 채우고 있다. O의 죽음을 알리는 글을 올린 것은 O의 여동생이었다. 안녕하세요. O의 동생입니다. 오늘 새벽에 언니가 세상을 떠났습니다. 언니가 살아 있을 때 워낙에 좋아했던 밴드여서요. 여기 회원분들께서 명복을 빌어주시면 언니가 참 좋아할 것 같아 글을 남깁니다. 감사합니다.

짧은 글이었다. 백은 그것을 반복해서 읽는다. 그리고 그는 O에 대해서 생각한다. 그러나 O에 대한 생각을 지속하기에는 백이 O에 대해서 아는 사실이 지극히 적다. O는 팬카페에 각종 정보와 소식을 가장 빠르게 업로드 하는 사람이었고, 이따금씩 굿즈나 음반 공동 구매를 주도하기도 했으며, 꼼꼼하게 작성한 콘서트 관람 후기 같은 것을 업로드 하는 사람이었다. 정보성 게시물 외에는 게시물이나 댓글을 작성하는 일이 좀처럼 없었기 때문에 O가 어떤 사람인지 추측하는 것은 쉬운 일이 아니었다. O는 매일 팬카페에 들러 새로운 정보를 전달해 주면서도, 같은 팬들과의 만남이나 접촉을 극도로 피하고 있는 것처럼 보였다. O가 올리는 게시물에 감사의 코멘트가 달리는 일은 드물었지만, 그럼에도 불구하고 O와 같은 사람이 있기 때문에 해외 록 밴드, 그것도 전성기가 한참 지난 록 밴드의 팬카페가 비교적 활발하게 유지될 수 있다는 것을 그들은 모두 매우 잘 알고 있었다.

백이 O를 만났던 것은 인컴플리트 피치Incomplete Pitch 의 마지막 콘서트장에서였다. 인컴플리트 피치가 해체하기로 한 것은 멤버 중 한 명이 특수강간죄로 고발당했기 때문이었다. 클럽에서 만난 어린 여성에게 향정신성 약물을 먹이려 한 혐의였다. 해당 여성은 반년이 지난 후에야 한 매체와의 인터뷰에서 기타리스트의 범죄 사실을 밝혔고, 사건은 큰 파장을 불러일으켰다.

뒤늦게 사건이 알려진 것에 팬클럽 회원들은 당혹스럽다는 반응을 보였다. 이윽고 팬카페 탈퇴 선언이 이어졌다. 그럼에도 불구하고 회원 수에는 큰 변동이 없었다. 다만, 하루에 올라오는 게시물의 수가 급격하게 줄어들었을 뿐이었다. 회원들은 섣불리 글을 쓰지 않았고 함부로 댓글을 달지도 않았다. 그렇게 자유 게시판의 일 평균 게시물 수가 줄어가는 와중에도 정보/기사 게시판의 게시물 수는 일정한 수준을 유지하고 있었다. O의 노력 덕분이었다.

밴드가 해체한다는 소식을 가장 먼저 알린 것은 O였다. 기타리스트가 고발당했다는 사실도, 그의 재판의 진행 추이에 대한 내용을 꾸준히 업데이트하는 것도 O였다. 그리고 밴드의 마지막 콘서트에 관련된 내용을 가장 먼저 팬카페에 올린 것 역시 O였다. 최근 P와 관련된 불미스러운 일로 인해 심려를 끼쳐 죄송합니다. P는 멤버 및 소속사와의 협의를 통해 자진해서 인컴플리트 피치를 탈퇴하는 것으로 결정되었습니다. 또한, 네 명이 아니면 그룹을 유지하는 의미가 없다는 멤버들의 의견을 받아들여, 인컴플리트 피치 역시 내년 봄을 기해 해체하고자 합니다. 잠시 후에 새로운 게시물이 올라왔다. 해체 전 마지막 콘서트를 한다는 내용이었다. 구체적인 시간과 장소에 대해서는 새로 정보가 올라오는 대로 업로드하겠습니다. O는 짧게 덧붙였다.

점점 게시물 수가 줄어가고 있던 자유 게시판에 갑작스럽게 새로운 글이 늘어났다. 그래도 팬들을 생각해주는 것 같아서 고맙다는 의견부터, 굳이 해체 콘서트를 하고 욕을 먹느니 조용히 사라지는 것이 나을 것 같다는 의견까지, 적지 않은 글들이 흘러내려 갔다. 누군가 질문을 올렸다. 그러면 기타는 누가 연주하죠? 좀처럼 자유 게시판에는 나타나지 않는 O가 그 글에는 답변을 달아주었다. 구속된 기타리스트 대신, 다른 밴드의 기타리스트가 함께 공연을 한다고 했다. 이렇게 되면 그냥 그분을 새로운 멤버로 영입하면 되는 것 아닌가요? 누군가

140

의견을 제시했고, 이에 동조하는 글들이 몇 개씩 올라오기도 했지만 그뿐이었다. 그들에게는 결정권이 없었다. 콘서트 날짜와 장소에 대한 정확한 정보를 아는 사람은 아무도 없었고, 그들은 그들만의 혼란에 빠져 있었다.

며칠 후, O가 다시 콘서트에 대한 글을 올리기 전까지 팬카페에는 아무 글도 올라오지 않았다. 그럼에도 불구하고 백은 수시로 팬카페에 접속했고, 이미 읽은 게시물과 이미 읽은 댓글을 다시 한 번씩 읽어보았다. 흥미나 즐거움을 느껴서 하는 일은 아니었다. 그것은 그의 오래된 습관 중 하나에 불과했다.

해체 콘서트의 일정이 알려지면서 새로운 글들이 다시 올라오기 시작했다. 콘서트는 단 하루, 밴드의 출신 도시에서 열릴 예정이었다. 비행기로 두 시간이면 갈 수 있는 거리였다. 공연장이 수용 인원이 적은 편은 아니더라고요. 해외 결제되는 카드 있으면 한번 시도해볼 만한 것 같아요. 저는 당연히 갈 생각이고요. 혹시 가실 분 또 계세요? 그 아래로 댓글들이 길게 이어져 있었다. 가고는 싶은데…… 그러면 배송 대행지 끼고 결제해야 하는 거죠? 구매 대행 사이트 괜찮은 곳 아시는 데 있나요? 티켓을 호텔로 배송받아도 되나요? 그는 그것들을 찬찬히 읽다가 이윽고 스크롤을 올려버리고 말았다. 백은 그것이 자신과 아무런 관계도 없는 일이라고 생각했다.

그날 저녁, 그는 인컴플리트 피치의 앨범을 찾아 들었다. 분명히 집 안 어딘가에 있으리라고 생각한 CD가 보이지 않아서 어쩔 수 없이 인터넷 음원 사이트를 찾아 들어가는 수밖에 없었다. 아마도 몇 번의 이사를 거치면서 사라진 모양이었다. 그는 책상 앞에 앉아서 블루투스 스피커를 켜고, 낮은 볼륨으로 음악을 들었다. 그리고 11시가 되기 전에 컴퓨터를 끄고 잠자리에 들었다.

사실 백은 자신이 어째서 인컴플리트 피치를 좋아하는지 잘 알지 못했다. 보컬의 노래 실력이 뛰어난 편도 아니었고, 그들이 노래하는 멜로디가 특별히 신선하다든가 연주자들의 기교가 뛰어난 것도 아니었다. 그들이 연주하는 장르조차도 확실하지 않았다. 어쩌면 백은 정말로 인컴플리트 피치를 좋아하는 것이 아닐 수도 있었다. 그렇지만 백이 가장 자주 듣는 노래들은 인컴플리트 피치의 곡이었고, 음악 취향에 대한 질문을 받을 때마다 가장 먼저 떠올리는 이름 역시 인컴플리트 피치였다.

백이 인컴플리트 피치를 알게 된 것은 그가 대학 신입생이었을 때의 일이었다. 학과 내의 여러 동아리 중, 그는 밴드 동아리를 선택했다. 특별히 음악에 열정이 있기 때문은 아니었다. 백은 악보를 보는 법도, 악기를 다루는 법도 알지 못했다. 그는 특정한 장르나, 밴드, 혹은 아티스트의 음악을 선호하거나 좋아하지 않았다. 그는 음원 차트 상위권에 드는 무난한 음악들을 주로 들었고, 그 사실에 대체로 만족하는 편이었다. 그런데도 백이 밴드 동아리에 지원했던 것은 당시에 몰려다니던 무리의 대부분이 밴드 동아리에 지원했기 때문이었다. 그들은 백이 대학에서 처음으로 사귄 친구들이었고, 백은 그들과 떨어지고 싶지 않았다. 1학년들의 가입 신청서를 받으면서 2학년들은 여름에 공연을 할 수 있겠냐고 몇 번이고 물어보았고, 백과 그의 친구들은 고개를 끄덕였다.

공연은 방학의 초입이었다. 백은 원래 알고 있던 곡 몇 개와 함께 인컴플리트 피치의 「오필리아」를 연주하게 되었다. 인컴플리트 피치가 처음으로 발매한 싱글이었다. 기타리스트의 집에서 홈레코딩 장비로 녹음한 음반은 록 밴드의 인디 신 데뷔 싱글이 으레 그렇듯이 매우 적은 양밖에 만들어지지 않았다. 그럼에도 불구하고 인컴플리트 피치가 딱히 높은 유명세를 누린 적이 없기 때문에, 첫 싱글이라고 해서 딱히 구하기 어려운 것은 아니었다. 선곡 회의에서 「오필리아」를 강하게 주장했던 백의 선배는 이미 그 싱글의 미개봉 중고를 두 장이나 가지고 있었다.

그는 백에게 인컴플리트 피치의 팬카페 주소를 알려주었다. 거의 모든 곡의 악보가 올라와 있다는 말과 함께였다. 백은 선배에게 악보를 볼 줄 모른다고 말했으나, 선배는 그래도 합주를 하려면 악보가 있어야 한다고 대답했다. 첫 합주까지 악보를 인쇄해 가야만 했다. 백은 집으로 돌아왔고, 팬카페에 접속했고, 가입 신청을 했다. 몇 분이 지나지 않아서 가입 승인이 되었다는 알림이 떴다.

백의 포지션은 기타였다. 백은 단 한 번도 기타를 연주해

본 적이 없었다. 포지션은 순전히 가위바위보로 결정되었다. 선배들은 개방 현의 위치, 코드를 잡는 법, 핑거링, 크로마틱 따위에 대해서 열변을 토했지만 백은 그것들을 귀담아듣지 않았다. 그 대신 백은 손가락의 위치를 외우는 데 몰두했다. 그것이 백이 「오필리아」를, 그리고 다른 곡들을 소화할 수 있는 유일한 방법이었다. 손끝이 아프긴 했지만 그리 어렵지는 않은 일이었다. 그는 기말고사가 끝난 후 두 주를 연습과 연습 후의 술자리에 쏟아부었다.

연습실에 갈 때, 그리고 연습이 끝나고 술에 취해 돌아올 때, 백은 인컴플리트 피치의 첫 앨범을 반복해서 들었다. 선배들 중 하나가 듣는 것도 연습이라고 말한 탓이었다. 백에게는 음악을 음반 단위로 듣는 습관이 없었지만, 백은 주어진 일을 불평 없이 하는 것을 잘하는 사람이었고, 그에게 주어진 일은 맡은 부분의 연주를 잘 소화하는 것이었기 때문에, 그는 새로운 습관에 곧 적응했다. 선배는 백에게 잘하고 있다고 말했다. 특별히 격려나 위안이 되는 말은 아니었지만, 백은 그 말을 받아들여 성실히 연습에 임했다.

이따금씩 백은 버스 안에서 음악을 듣다 말고 팬카페에 들어가보곤 했다. 하루에도 몇 페이지씩 새로운 게시글이 올라오곤 했다. 다들 지역이 어떻게 되세요? 오늘도 IP를 들으면서 출근하니 기분이 좋네요. 오늘 친구한테 CD를 선물했어요. 악보 만들려고 하는데 혹시 코드 따신 분 계세요? 그것은 누군가에게 말을 걸기 위해 쓰인 글들이 아니었다.

그는 보통 아침 7시경에 일어났다. 그가 침대에서 눈을 뜨자마자 가장 먼저 하는 일은 메일을 확인하는 것이었다. 보통 다섯 건에서 스무 건 정도의 업무 메일과 다량의 스팸 메일이 도착해 있었다. 그는 아침을 먹으며 그것들을 읽고, 삭제하고, 분류했다. 식기를 정리한 후에 그는 외출 준비를 했다. 그리고 그는 집 근처의 공원을 천천히 가로질러 버스 정류장으로 향했고, 직장으로 가는 버스를 탔다. 오전 내내 그는 문의 사항에 대답하고, 지시 사항을 이행하고, 그의 의견이 필요한 사안에 대해 적절한 답변과 지시를 내렸다. 그가 하는 일은 여러 클라이언트의 의뢰를 받아 필요한 코드를 작성하는 것이었다. 그는 세 시간 정도 일한 후에 동료들과 함께 점심 식사를 했고, 가끔씩 커피 내기를 했다. 점심 식사 후 10분 정도를 할애해서 가벼운 산책을 했고, 그 후에 사무실로 복귀했다. 퇴근 후에는 저녁을 거의 먹지 않았고, 주로 맥주와 견과류를 섭취하며 뉴스를 시청했다. 백은 휴대전화로 수시로 팬카페에 접속해 이미 읽은 글을 다시 읽곤 했다.

동행이 공연을 갈 수 없게 되어서 그런데, 혹시 티켓 양도하시면 받아 가실 분 계신가요? O의 글이 게시판 상단에 있었다. 관심 있는 분은 쪽지 부탁드릴게요. 이미 적지 않은 수의 코멘트가 달려 있었다. 그는 휴대전화의 달력을 확인했다. 콘서트 날짜는 지금 맡고 있는 프로젝트가 끝난 직후였다. 잠시 여행을 다녀오기에 나쁘지 않은 일정이었다.

그는 충동적으로 항공권 가격 검색 사이트에 접속했다. 마침 적절한 가격의 항공권이 있었고, 그는 몇 번의 클릭 후 항공권이 예매되었다는 메일을 받을 수 있었다. 그는 다시 O의 게시물을 열었다. 그사이에 댓글이 더 늘어나 있었다. O에게 쪽지를 보내고 보니, 내려야 할 정류장이 다가오고 있었다. 그는 버스 카드를 찍고, 공원 앞에 내렸다. 집을 향해 걷다가 무심코 휴대전화를 확인해보니 O의 답장이 도착해 있었다. 먼저 연락을 주신 분이 계셔서요. 죄송합니다. 백은 집에 가자마자 비행기표를 취소해야겠다고 생각했다.

백은 집에 돌아가서 샤워를 했고, 맥주와 견과류를 먹으며 뉴스를 보았다. 컴퓨터를 켜고 인터넷 쇼핑몰에 들어가서 옷 구경을 한 후에는 컴퓨터의 전원을 내렸다. 이를 닦고 잠자리에 들기 직전에 그는 비행기표를 취소해야 한다는 사실을 떠올렸다. 백은 꺼진 모니터 화면을 잠시 바라보았다. 비행기표 취소 수수료가 얼마나 되는지 알아보아야 했다. 문득 수수료가 너무 크면 그냥 혼자 여행을 하고 오는 것도 나쁘지는 않겠다는 생각이 들었으나, 그는 곧 그 생각을 철회했다. 그는 여행을 즐기는 유형의 사람이 아니었다. 매일의 루틴이 바뀔 수도 있다는 생각은 그에게 스트레스를 안겨주었다.

할 일은 간단했다. 전원 버튼을 누르고, 항공사 홈페이지에 들어가 몇 번 클릭을 하면 되는 일이었다. 컴퓨터를 켜는 것이 귀찮다면 휴대전화로도 할 수 있었다. 예약한 날짜는 한참 남아 있었다. 그는 시계를 보았다. 11시 7분 전이었다. 백은 컴퓨터를 켜지 않았다. 그는 그 대신 휴대전화의 알람을 확인했다. 잠을 자야 할 시간이었다. 비행기표 취소는 내일 할 수 있는 일이기도 했다.

그러나 백은 비행기표를 좀처럼 취소하지 못했다. 비행기표를 취소해야 한다는 생각은 언제나 매일의 작업이 끝난 후, 컴퓨터를 끄고 난 후에야 떠오르기 마련이었다. 하지만 비행기표를 취소하기 위해서 컴퓨터의 전원을 다시 켜는 일은 상당히 번거로웠다. 그렇다고 해서 휴대전화의 손바닥만 한 화면을 붙잡고 항공권 취소 버튼을 찾고 싶지도 않았다. 백은 매일 꺼진 화면을 물끄러미 쳐다보다가 침대에 눕기를 반복했다. 의욕이 생기지 않았다.

며칠 후 그는 O에게서 쪽지가 온 것을 발견했다. 티켓 양도받기로 하신 분이 연락을 받지 않으셔서 연락드립니다. 혹시 아직도 티켓에 관심이 있으신가요? 그는 망설였다. 아직 취소하지 않은 비행기표가 떠올랐다. O로부터 쪽지가 또 도착했다. 아직 생각 있으시면 10분 내로 답장 부탁드릴게요. 첫 쪽지를 받은 순간부터 약 4분이 지나 있었다. 표를 취소하지 않은 것은 오히려 잘한 선택일지도 몰랐다. 그는 아무것도 선택한 적이 없었지만, 그 사실은 애써 무시했다. 백은 O에게 답장을 보냈다. O가 말한 시각까지 3분이 남아 있었다.

그냥 티켓 값만 입금해주세요. 답장이 돌아오는 데에는 오랜 시간이 걸리지 않았다. 가장 아래에 아마 O의 본명일 것으로 생각되는 이름과 계좌 번호가 있었다. 중고등학교를 다니면서 적어도 1년에 한 번 이상 마주칠 수 있을 것만 같은 흔한 이름이었다. 그는 휴대전화로 곧바로 돈을 입금하고 쪽지를 보냈다. 네, 확인했습니다. 티켓은 공연 날에 전달해드릴게요. 그러나 그것을 마지막으로 O로부터는 더 이상 메시지가 오지 않았다. 백은 약 한 시간가량을 쪽지함을 켜둔 채로 기다렸다. 그러나 모니터상의 화면에는 아무런 변동이 없었다.

그제야 백은 자신이 입금한 돈의 금액이나, 비행기표 값에 대해서 구체적으로 떠올릴 수 있었다. 어쩌면 O에게는 티켓이 없을 수도 있는 일이었다. 백은 컴퓨터를 켜고, 팬카페에 접속했다. O와 물품 거래를 한 사람들의 후기가 있을 법도 했다. 그는 O가 언급된 글들을 하나하나 읽어보기 시작했다. 게시물들은 대부분 O에게 감사를 표하는 내용이었다. 새로운 정보, 구하기 어려운 굿즈, 무료 나눔, 해외 경매 사이트 링크. 정중한 감사의 인사와 마찬가지로 정중한 대답. 그것들로부터 유추할 수 있는 사실은 적었다. 그는 인터넷 브라우저를 꺼버렸다.

커피를 사러 나갔던 직원들이 한둘씩 사무실로 돌아온다. 백은 오전에 작업하던 코드를 열어본다. 작업하던 부분에서 커서가 반짝이고 있다. 하지만 백은 좀처럼 집중을 할 수 없다. 백은 기지개를 켠다. 그제야 점심 식사가 전혀 소화되지 않았다는 것이 느껴진다. 줄곧 웅크리고 모니터만을 바라본 탓일 것이다. 사무실 서랍 안에는 소화제가 없다. 데스크톱 모니터

모서리에서 사내 메신저의 알림 창이 반짝인다.

회의에서는 어떤 특별한 이야기도 오고 가지 않는다. 주된 내용은 협력사에서 더 많은 비용을 들이는 것을 부담스러워하기 때문에 납품일이 다소 앞당겨질 수 있다는 것이다. 그리고 그것은 이미 몇 주 전부터 반복해서 언급되었던 사항이다. 상사는 다소 힘들겠지만, 작업 마감을 앞당길 수 있겠냐고 질문한다. 그러나 그것이 질문이 아니라는 사실을 그들은 모두 잘 알고 있다. 백은 자신의 자리로 돌아와 앉는다.

자리를 비운 몇십 분 사이에 메일함에 새로운 메일들이 쌓인다. 백은 메일함을 클릭한다. 그러고는 곧바로 그것을 닫아버린다. 메일함의 숫자가 줄어들지 않는다. 잠시 후, 그는 휴대전화를 꺼내어 키보드 옆에 내려놓는다. 모두가 각자의 자리에 앉아서 각자의 할 일에 몰두하는 시간이다. 그는 팬카페에 접속한다. 여전히 비슷한 내용과 구조의 추모글들이 게시판의 최상단을 차지하고 있다. 이미 여러 번 반복해서 읽은 글들이다. 백은 그것들을 다시 읽기 시작한다.

집중을 할 수 없는 상태는 며칠간 계속된다. 백은 회사에서도 수시로 팬카페에 접속하기 시작한다. 사내에서는 보안상의 이유로 와이파이를 쓸 수 없다. 그렇다고 해서 모니터에 팬카페 화면을 띄워 놓을 수는 없기 때문에, 백은 휴대전화의 무선 데이터를 이용할 수밖에 없다. 백은 책상 앞에서 고개를 숙이고 있는 시간과 모니터를 바라보며 타이핑하는 시간의 비율을 적절하게 유지하기 위해 노력한다. 그는 초조한 마음으로 새로고침 버튼을 반복해서 누르고 휴대전화 화면을 아래로 끌어내린다. 하지만 새로운 글은 좀처럼 올라오지 않는다. 백은 모두가 아직 O에 대해 생각하고 있다고 생각한다.

퇴근길에도 그는 팬카페에서 눈을 떼지 않는다. 그는 크게 달라진 것 없는 목록을 반복적으로 훑어본다. 그러고는 게시판의 가장 첫 페이지에 있는 글을 다시 반복해서 읽기 시작한다. 다소 멀미가 났지만 심하지는 않다. 게시물들의 조회 수에도, 댓글 수에도 큰 변화는 없다. 그 사실을 알아차릴 때마다 백은 자신이 혼자 있다는 느낌을 받는다. 그리고 그것은 제법 괜찮은 기분이 드는 일이다.

백은 O님께 조문을 가려고 하는데요,로 시작하는 글을 발견한다. 며칠 동안 갱신이 전혀 없던 차에 올라온 새 글이다. 글쓴이는 혹시 O와 개인적으로 연락을 주고받은 적 있는 사람이 있는지 물어보고 있었다. 백은 O와 몇 달 전에 주고받았던 쪽지를 떠올리지 않을 수 없다. O의 이름. O가 남긴 번호들. 아무것도 말해주지 않는 사실들. 콘서트가 끝난 후, 백은 O에게 메시지를 보냈다. 티켓 양도 감사드립니다. 덕분에 즐겁게 관람했습니다. 감사의 의미로 식사라도 대접하고 싶은데, 혹시 괜찮으신지요? 그러나 O는 백의 제안을 정중하게 거절했다. 마음만 감사하게 받겠습니다. 백은 O라면 방금 올라온 글에도 같은 답변을 달았으리라고 추측한다. 백은 스크롤을 내린다. 아직 아무런 댓글도 달려 있지 않다. 그저 조회 수가 계속 늘어날 뿐이다.

O님과 친분이 있었던 분은 정말 안 계신가요? 글쓴이가 새로운 글을 올릴 때까지도 댓글은 달리지 않는다. 한 분쯤은 계실 것 같았는데요. 혹시 댓글 달기가 좀 그렇다 싶으시면 쪽지로 주셔도 괜찮아요. 글쓴이의 코멘트가 몇 시간 간격으로 계속 갱신된다. 어떻게 한 분도 연락을 안 주실 수가 있는 거죠? 그리고 그 아래로 다른 누군가의 코멘트가 새로 나타난다. 저는 O님이 홈페이지 운영하시던 시절부터 봐왔는데요. 이러시는 거 O님이 별로 안 좋아하실 것 같아요. 낯선 아이디였다. 백은 그 아이디를 검색해본다. 그러나 해당 아이디로는 과거의 어떤 흔적도 찾을 수 없다.

조회 수가 빠르게 올라간다. 그것은 백과 마찬가지로, 숨을 죽인 채 새로운 댓글이 달리길 바라면서 휴대전화 화면을 잡아 끌어내리는 사람들이 한두 명이 아니라는 의미이다. 그들은 사태의 진전을 바라고 있다. 아까부터 보고 있었는데, 좀 유난스러우신 것 같아요. 그리고 막말로 저게 정말 O님의 가족인지 어떻게 알죠? 또 다른 댓글이 올라온다. 역시나 눈에 설익은 아이디다. 백은 그 아이디를 눌러본다. 경고 창이 나타난다. 존재하지 않는 댓글입니다. 화면은 게시판의 첫 페이지로 바뀐다. 백은 방금 전까지 읽던 글을 확인한다. 댓글 수에는 변동이 없다. 다만 조회 수가 폭발적으로 늘어나 있을 뿐이다. 방금 전의 댓글은 사라져 있다. 백은 새로고침 버튼을 연타한다. 그러나 아무도 아무 말도 하지 않는다.

그는 해변에 있는 오래된 호텔에서 숨바꼭질을 하는 꿈을 꾸었다. 복도가 긴 호텔이었다. 똑같이 생긴 문들이 끝없이 늘어서 있었다. 녹슨 명패들, 깎여 나간 숫자들. 그는 문을 하나하나 열어보았다. 방들은 하나같이 똑같은 구조를 하고 있었다. 책상과 의자, TV와 냉장고, 그리고 빛바랜 커튼과 팽팽하게 다림질이 된 침구. 상아색 타일이 깔린 욕실. 이불 아래에, 커튼 뒤에, TV가 놓인 장식장 안에, 옷장 속에 검은 것이 앉아 있었다. 술래가 찾아야 하는 사람들이었다. 백은 옷장 문을 열었고, 커튼을 들춰보았고, 책꽂이를 옮겨보았다. 그들은 들키지 않으려는 최소한의 노력도 하지 않았다. 얼굴이 지워진 검은 몸의 사람들. 익숙한 목소리들이 말했다. 의심해야 해. 백은 그의 얼굴을 보고 싶었다. 그러나 되돌아오는 것은 목소리뿐이었다. 또렷한 목소리. 의심해야 해.

누군가 말을 거는 느낌에 눈을 떠보니 기내식을 나누어주는 시간이었다. 그는 중국식 닭고기 덮밥을 골랐다. 그러나 그는 고기 몇 점과 모닝빵 외에는 손을 대지 않았다. 마음이 안정되지 않았다. 평소라면 일어나지 않을 시간에 일어났기 때문인 것인지, 아니면 아침부터 커피를 지나치게 많이 마셨기 때문인 것인지 구분할 수 없었다. 어쩌면 아침부터 무거운 물건을 너무 많이 옮겼기 때문일 수도 있었고, 방금 전에 꾼 꿈 때문일 수도 있었다. 백은 머릿속으로 가능한 이유들을 하나하나 떠올렸고, 그것들을 하나하나 지워나가기를 반복했다.

출국 심사 줄에서 그는 O에게 문자를 해야 할지 말아야

152

할지 고민했다. 만나서 티켓을 받아야 한다면 먼저 얼굴을 익혀두는 것이 편리할 것이었다. 그러나 백은 O의 비행기표에 대해서 들은 이야기가 없었다. 게다가 출국 심사 줄은 좀처럼 줄어들지 않았고, O는 백이 보냈던 쪽지에 답장을 주지 않았다. 백은 답답한 마음으로 출국 심사장을 빡빡하게 채운 머리들을 보았다. 그의 예상은 어긋나지 않았다. 전광판에 최종 탑승이라는 글자가 번쩍이기 시작할 때 그는 겨우 게이트 앞에 도착했다. 승객들은 이미 대부분 자리를 잡고 앉아 있었다. 백은 캐리어를 짊어지고 사람들의 다리를 헤치며 걸었다. 그의 자리는 기체의 거의 끝부분에 있었다. 그는 자리에 앉자마자 잠이 들었다.

비행기에서 내릴 때는 어지러움이 느껴졌다. 아직 멀미약의 기운이 남아 있는 듯했다. 인파에 떠밀려 입국 심사대를 향해 가면서 그는 주위를 둘러보았다. 낯선 글자들. 그가 내린 공항에는 무료 와이파이가 없는 모양이었다. 그는 휴대전화를 꽉 움켜쥔 채로 입국 심사를 받고, 수화물을 찾고, 데이터 심카드를 구입했다. 캐리어가 자꾸 덜컹거렸다. 백은 시내로 가는 기차를 타자마자 메시지를 보냈다. 안녕하세요. 티켓 양도받기로 했던 사람입니다. 티켓은 어디서 어떻게 받으면 좋을까요? 그러나 O에게서는 답장이 없었다. 그는 휴대전화의 액정을 반복해서 껐다가 켰고, 팬카페의 게시판을 확인하고, 차내 안내 방송에 귀를 기울였다가, 지도를 확인하기를 반복했다. O에게서는 여전히 답장이 오지 않았고, 휴대전화의 배터리는 빠르게 줄어들었다.

역 안에 코인 로커가 있어요. 공연장 근처의 카페에 앉아 커피를 마시고 있을 때였다. O의 메시지가 도착했다. 역 안에 코인 로커가 있어요. 비밀번호로 열 수 있는 로커인데요, 892번에 티켓을 넣어두었습니다. 비밀번호는 4972예요. 백은 그것을 찬찬히 읽었다. 잠시 후 O로부터 또 하나의 메시지가 도착했다. 892번 로커는 C번 출구 근처입니다. 백은 창밖을 보았다. 지하철역은 카페에서 무척 가까운 곳에 있었다. 백은 커피를 들고 카페를 나섰다. 그러나 지하철역에는 출구가 너무 많았다. 일단 그는 가장 가까운 출구로 들어갔다. 사람이 너무 많아서, 길을 찾는 것이 쉽지 않았다.

O의 말대로, C번 출구 근처에서 코인 로커를 찾을 수 있었다. 892번 로커는 위에서 세번째, 왼쪽에서 다섯번째 칸에 있었다. 백의 눈높이보다 약간 낮은 정도였다. 백은 키패드에 숫자를 입력했다. 4, 9, 7, 2. 맞물렸던 금속이 움직이는 소리. 로커가 열렸다. 빳빳한 종이 한 장이 놓여 있었다. Incomplete Pitch, The Very Last Moment. 좌석은 아레나 B구역 85열이었다. 휴대전화가 진동했다.

O였다. 휴대전화 화면에 O의 아이디가 반짝였다. 티켓은 잘 찾으셨나요? 백은 주위를 둘러보았다. 어쩌면 코인 로커 주위를 배회하는 사람이나, 기둥 뒤에 숨어서 이쪽을 물끄러미 바라보고 있는 사람이, 아니면 역내 패스트푸드점에 앉아 선글라스 너머로 백을 살피고 있는 시선이 있을지도 모르는 일

이었다. 황망한 시선 사이로 차임벨 소리가 울렸다. 지하철이 새로 들어온 모양이었다. 플랫폼에서 사람들이 조금씩 밀려 올라오는 것이 보였다. 그때였다. 눈이 마주쳤다. 백은 미간을 찌푸렸다. 그러나 사람들이 점점 더 많이 올라오고 있었고, 안 그래도 붐비는 역내의 인구밀도가 치솟고 있었다. 백은 사람들 틈을 꿰뚫어 보기라도 할 것처럼 허공을 노려보았다. 그러나 소득은 없었다. 잠시 눈이 마주쳤던 사람은 인파에 떠밀려 간 모양이었다. 휴대전화가 한 번 더 진동했다. 아직 답장을 하지 않은 메시지가 깜빡이고 있었다.

백은 느리게 답장을 보냈다. 네, 방금 찾았습니다. 감사합니다. 잠시 후 O의 답장이 도착했다. 다행이군요. 즐거운 관람 되세요. 백은 잠시 고민했다. 답장을 보내야 할지 말아야 할지 알 수 없었다. 방금 전에 눈이 마주친 사람과 정말로 눈이 마주쳤던 것인지 아닌지도 알 수 없었다. 백은 휴대전화를 가방 속에 집어넣었다. 그의 손에는 티켓이 들려 있었다. 가볍고, 빳빳한 티켓. 백은 그것 역시 가방 속에 집어넣었다. 공연이 시작되기 전까지는 적지 않은 시간이 남아 있었다. O는 분명히 이 근처에 있을 것이었다. 백은 O를 찾아내고 싶다고 생각했다. 그는 걷기 시작했다. 공연은 두 시간이 넘게 진행될 예정이었다. 무엇이든 먹어두어야 했다.

공연은 대학가 근처의 작은 클럽에서 열렸다. 그들은 하루 전부터 공연 준비를 했다. 2학년들은 음향 기기의 작동 여부나 위치, 조명 세팅 같은 것들을 살폈고, 1학년들은 음식을 준비하거나 홍보물을 붙이러 다녔다. 백은 홍보물을 붙이는 팀이었다. 그들은 우르르 몰려다니며 길바닥에 화살표 모양으로 자른 형광색 색지를 붙이거나, 졸업생들에게 문자를 돌렸다. 그들은 많이 떠들었고, 많이 웃었다. 흥분과 기대감 같은 것이 공기 중에 떠돌고 있었다.

떨리지 않느냐고, 누군가 테이프를 자르다 말고 물어보았다. 무리 중 한 명이 자신은 전혀 떨리지 않는다고 짐짓 허세를 부렸다. 고등학교 때 밴드부를 했었다는 동기였다. 그래도 떨리는 건 떨리는 것이라고 누군가 말했고, 연습은 많이 했냐는 질문에는 너보다는 많이 했다는 대답이 되돌아왔다. 백의 옆에서 테이프를 붙이던 동기가 백의 어깨를 툭 쳤다. 왜 이렇게 멍하게 있냐는 말에 백은 날씨가 너무 덥다고 대답했다. 햇빛이 아직 쨍쨍한 시간이었고, 목뒤가 따가웠다. 리허설이 아직 남아 있었다.

공연장으로 돌아와보니 한창 음향 장비를 세팅하는 중이었다. 오퍼실에서 조명을 껐다 켜고, 음량을 높였다 낮추기를 반복했다. 백은 공연장 한구석에 서서 연주해야 하는 곡들을 머릿속으로 떠올려보려 했다. 새삼스럽게 간식으로 먹은 과자가 역류할 것만 같은 기분이 들었지만, 그의 소화 기관에는 아무런 문제도 없었다. 그저 연주의 순서와 방법이 기억나지 않을 뿐이었다. 코드를 꽂을 때마다 들리는 지직거림이, 조명의 깜박임이 그의 머릿속을 휘저어놓는 것 같았다. 첫 팀은 이미 악기를 체크하고 있었다. 그들의 웃음소리. 백은 집에 가고 싶다고 생각했다. 사람들의 목소리가 낯선 소음처럼 느껴졌다. 앰프가 연결되었다.

백의 차례가 돌아왔다. 동기가 그에게 기타를 건네주었다. 농담이 오고 갔다. 백은 억지로 안면 근육을 끌어올리며 웃었다. 선배들 중 하나가 백의 어깨를 두드려주었다. 백은 새삼스럽게 기타가 무척 무겁다고 생각했다. 밖에 나가 있던 동기가 들어오면서 편의점 비닐봉지를 내려놓았다. 캔커피가 가득 들어 있었다.

백은 남은 커피를 한 번에 다 마셔버렸다. 그리고 그는 쟁반을 들고 자리에서 일어섰다. 햄버거는 어디에서나 먹을 수 있는, 무난하고 익숙한 맛이었다. 분리수거를 하면서 보니 창밖에는 가벼운 비가 내리는 듯했다. 2층으로 올라오는 사람들의 등이 조금씩 젖어 있었다. 백의 우산은 숙소에 있었고, 패스트푸드점은 지하철역과 연결되어 있었다. 지금이라도 숙소로 돌아가면 우산을 가지고 올 수 있을 것이었다.

그러나 백은 피곤했다. 커피를 몇 잔째 마신 건지 알 수가 없었다. 더 이상 움직이고 싶지 않았다. 그는 햄버거 포장지를 성급하게 버린 것을 후회했다. 어쩔 수 없이 아래층으로 내려가 탄산음료를 하나 더 주문했다. 음료를 받아서 올라오니 그가 앉아 있던 자리는 누군가에게 빼앗겨 있었다. 백은 어쩔 수 없이 창가의 긴 테이블로 향했다. 플라스틱으로 만들어진 긴

의자는 얼핏 보기에도 전혀 편안해 보이지 않았다. 백은 이미 앉아 있는 사람들 틈을 비집고 들어가 앉았다. 새삼스럽게 다리가 아파지기 시작했다. 바로 옆에서 사람들이 계단을 오르내리고 있었다. 모르는 단어들이 귓가에 걸렸다 흘러내렸다. 어떤 사람들은 인컴플리트 피치에 대해서 이야기하고 있었다. 백은 가방에서 이어폰을 꺼냈다. 익숙한 음악을 듣기 위해서였다. 그러나 그는 곧 이어폰을 뽑아버리고 말았다. 음악이 전혀 귀에 들어오지 않았다.

갑자기 사람들의 표정 없음이 불안하게 여겨졌다. 말소리의 껍질이 부서지고 있었다. 백은 가방 안에 넣어두었던 티켓을 꺼내 다시 한번 살펴보았다. 어쩌면 티켓은 가짜일 수도 있었다. 하얗고 빳빳한 종이, 그 위에 찍힌 글자. 모르는 언어로 씌어진 주의사항. 백은 마지막 콘서트의 티켓을 거의 정가에 가까운 가격으로 양도받는 일이 흔한 것인지 궁금해졌다. 그러나 그는 공연을 자주 보러 다니는 사람도 아니었고, 티켓의 가격이나 암거래 시장의 시세가 형성되는 방식에 대한 지식도 없었다.

백이 콘서트장에 입장하는 데는 오랜 시간이 걸렸다. 패스트푸드점에 앉아 있던 사람들이 전부 줄을 서러 온 것 같았다. 다행히 비가 그치기는 했지만, 공기가 차가웠다. 백은 오들오들 떨면서 계속 줄을 서서 얻을 수 있는 것과 숙소로 돌아갈 경우에 잃을 것을 따져보았다. 그는 줄에서 빠져나가고 싶었다. 그러나 너무 많은 사람들이 그의 주변에 포진해 있었다. 백은 사람들을 밀치고 나가기 위해 필요한 힘에 대해서, 그들에게 건네야 하는 미안하다는 말의 횟수에 대해서, 마주쳐야만 하는 눈의 개수에 대해서 생각하면서 떠밀려갔다.

콘서트장에 들어서자마자 백은 주변을 둘러보았다. O는 분명히 그곳에 있을 것이었고, 그는 O가 어디에 있는지 알고 싶었다. 어쩌면 바로 옆 좌석의 사람이 O일 수도 있는 것이었다. 그러나 백의 주변에는 현지인들뿐이었다. 백은 O에 대해서, O의 위치에 대해서 생각했다. 백이 O에 대해 알고 있는 사실은 너무 적었다. O는 각종 정보에 빠른 사람이었다. O는 백에게 두 장의 콘서트 표 중 하나를, 심지어 상당히 좋은 자리의 표를 양도해준 사람이었다. 그리고, O의 계좌 번호와 팬카페의 아이디, 매우 흔한 본명. 그것이 백이 알고 있는 전부였다.

콘서트는 나쁘지 않았다. 아레나 B구역 85열은 무대에서 비교적 가까운 편이었다. 바로 앞에 키가 190센티미터는 족히 넘어 보이는 외국인이 있었고, 그의 머리가 시야의 상당 부분을 가리기는 했으나 백은 그것이 거슬린다고 생각하지 않았다. 백은 주로 전광판을 보았다. 카메라는 대개 보컬을 비추었고, 이따금씩 다른 세션의 멤버들을 보여주었다. 무대로 시선을 돌리면 그들이 신고 있는 스니커즈를 자세히 관찰할 수 있었다.

아는 곡이 나올 때 그는 주변의 관객들과 함께 노래를 따라 불렀다. 그것은 분명히 즐겁고 신나는 경험일 터였다. 그러나 백은 문득, 쉬고 싶다는 생각을 하는 자기 자신을 발견했다.

그는 노래를 더 크게 따라 부르고 손을 더 크게 흔드는 것으로 생각을 지우려 했다. 그러나 비교적 최근에 발매된 곡이 연주될 때 백은 멍하니 전광판을 바라볼 수밖에 없었다. 분명히 공연 전에 미리 모든 앨범을 들어보고 왔음에도 불구하고 낯설게 느껴지는 곡들이었다. 그는 관객들을 따라 어설프게 손을 흔들고, 노래 가사를 웅얼거렸다. 백이 박자를 놓칠 때마다 주변인들과 손이 스쳤다. 그는 어서 다음 곡이 나오기를 바랐다.

마지막 곡은 「오필리아」였다.

리허설은 큰 문제 없이 끝났다. 백은 자신이 실수 없이 리허설을 마쳤다는 것을 믿을 수 없었다. 손에 땀이 배어 끈적거렸다. 그는 기타를 멘 채로 손을 바지에 문질러 닦았다. 수고와 격려의 단어들이 오가고 있었다. 백은 새삼스럽게, 이제는 기타를 내려놓을 수 없다는 느낌을 받았다. 선배가 백에게 다가와 원래 처음에는 다 떨리는 법이라는 말을 건넸으나, 그것은 격려도 위로도 되지 않았다. 그들은 캔커피를 치우기 시작했다.

이윽고 공연이 시작되는 시간이었다. 사람들이 들어오고 있었다. 과 동기들, 누군가의 여자친구나 남자친구, 선배들. 아무리 사람이 많이 들어와도 홀이 다 차는 일은 없을 것이었다. 너무 작은 공연이었다. 백은 사람들과 인사를 나누었다. 아는 얼굴이 대부분이었다. 웅성거림. 조명이 어두워졌다. 백은 동기들과 무대 아래 한구석에 서서 핀라이트가 켜지는 것을 보았다. 첫 팀이 무대 위로 올라갔다. 상기된 표정.

160

익숙한 도입부가 흘러나왔다. 똑같은 기타 리프가 반복되다가, 드럼 소리가 잘게 쪼개지면서 변주되는 부분, 그리고 곧 베이스의 연주. 오필리아, 너의 이름을 부르지 않았어, 너의 목소리를 듣지 않았어. 보컬이 곧 노래하기 시작할 것이었다. 백은 무엇인가 이상하다는 느낌을 받았다. 소리가 어긋나 있었다. 백은 외국인의 어깨 너머로 보이는 세션들을 관찰했다. 그러나 그들의 손은 정확하게 박자에 맞추어 움직이고 있었다. 그러나 백은 스스로의 판단에 확신을 가질 수가 없었다. 그의 곁에서 사람들은 노래를 따라 부르고, 춤추고, 손을 흔들고, 환호하고 있었다. 그러나 분명히, 어딘가에서는 시간이 느리게 흐르고 있었다.

무엇보다도 같은 공간에 있는 세션들의 악기 소리가 잘 들리지 않았다. 모니터 스피커에 문제가 있는 것 같았다. 백은 입안이 바싹바싹 마르는 것을 느꼈다. 평소 연습할 때에는 기타 연주만으로도 벅차서 주변의 악기 소리에 귀를 기울일 여유가 없었지만, 그럼에도 불구하고 그 소리들이 들려오는 것만으로도 안심을 할 수 있었다. 백은 입안을 지그시 깨물었다. 기타 솔로 부분이 다가오고 있었다. 원곡에는 없는 부분이었다. 악보 보는 법을 배울 엄두가 나지 않는다는 이유로 손 모양만을 외웠던 것이 점점 후회스럽게 여겨지고 있었다.

관객들의 목소리가 너무 커서 보컬의 목소리가 잘 들리지 않았다. 그리고 손을 흔드는 사람들 사이로 미세하게 진행되는 불협화음. 백의 손가락이 공기를 움켜쥐었다. 잡히는 것은 없었다. 백은 주위를 둘러보았다. 기타와 베이스는 이제 완전히 다른 마디를 연주하고 있었다. 백은 그것을 똑똑히 알아차릴 수 있었다. 어쩌면 누군가 한 명쯤은 백이 느끼는 것을 함께 느끼고 있을지도 모르는 일이었다. 백은 O를 생각했다. 그러나 O는 없었다. 백과 같은 표정을 한 사람도 존재하지 않았다. 백은 스스로를 의심했다.

그때였다. 굉장히 짧은 순간이었지만, 마이크 소리가 들리지 않는 순간이 있었다. 전광판에는 입을 한껏 벌리고 스캣을 넣는 보컬의 모습이 비치고 있었다. 그러나 관객들의 귀에 들리는 것은 악기 소리와 자신들의 목소리뿐이었다. 갑자기 날카로운 소리가 들렸다. 하울링. 관객들의 목소리가 잦아들었다. 모두가 귀를 틀어막았다. 전광판 속의 보컬은 깜짝 놀란 표정을 짓고 있었다. 확장된 동공, 더는 목소리가 들리지 않는 공연장. 조명이 갑자기 어두워졌다. 악기 소리가 터져 나왔다.

보컬의 목소리가 더 이상 들리지 않았다. 그 순간이 다가오고 있었다. 백은 기타 현에 손을 얹었다. 손가락이 아팠고, 귀가 멍멍했다. 소리가 잘 들리지 않았다. 연주를 할 수 있을 리가 없었다. 그러나 그렇게 생각하는 것은 그뿐인 것 같았다. 보컬이 백을 살짝 돌아보았다. 입가에는 미소가 걸려 있었다. 베이시스트가 손가락을 바쁘게 움직이고 있었다. 그러나 여전히, 백은 소음밖에 들을 수가 없었다. 백은 손가락을 옮겼고, 자신이 실수하고 있다고 확신했다. 여태까지 잘했으니 할 수 있을 것이라고 말한 사람이 누구였는지 기억이 나지 않았다.

162

보컬이 마이크를 쥐는 것이 보였다.

　백과 그의 동기들은 인사를 하고 무대에서 내려왔다. 백은 자신의 다리가 후들거리고 있다고 생각했다. 그러나 그의 발걸음은 더없이 정확하고 확실했다. 손끝이 얼얼했다. 아직 공연이 남은 팀들이 있었다. 누군가 백에게 말을 걸었다. 그러나 아무것도 들리지 않았다. 사람들의 목소리가 넘쳐 나고 있었다. 그들은 모두 서로를 향해 뻐끔거리고 있었고, 넘쳐 나는 것은 소리뿐이었다. 백을 기다리고 있던 선배가 차가운 음료를 건네주었다. 백은 그것을 마시며 어떻게든 뒤풀이에서 빠져야 한다고 생각했다. 동기들이 웃고 있었다.

　토하고 나면 괜찮아질 거야. 화장실에서 돌아와서 자리에 앉으니 무엇이 자신의 잔이었는지 알 수 없었다. 토하고 나면 괜찮아질 거야. 하지만 그건 술을 잔뜩 마시고 취했을 때에나 할 수 있는 말이었다. 백은 전혀 취하지 않았다. 오히려 술을 마시면 마실수록 정신이 또렷해지는 듯한 기분이었다. 몸이 안 좋다는 이유로 뒤풀이에 합류하기를 거절했는데도, 어찌 된 영문인지 백은 지하 맥줏집의 긴 테이블 한가운데에 앉아 있었고, 분위기를 맞추기 위해 한 모금씩 홀짝이던 것이 한 잔, 두 잔씩 늘어나는 데에는 긴 시간이 걸리지 않았다.

　누구든 술을 부으면 백은 그것을 마셨다. 백도 술을 따랐다. 음악 소리가 커졌다 작아지기를 반복했다. 거리에서 자주 들을 수 있는 팝송이었다. 누군가 노래를 크게 따라 불렀다. 소리가 너무 커서 머리가 통째로 울리는 것 같았다. 백은 노래를 멈추어달라고 말하고 싶었다. 그러나 노래를 따라 부르는 사람이 점점 더 늘어나고 있었다. 백은 실수에 대해서 질문하고 싶었다. 그러나 노랫소리는 멈추지 않았다. 맞은편에 앉은 동기가 노래를 부르며 잔을 채웠다. 갑작스럽게 곡이 바뀌었다. 그러나 노랫소리는 멈추지 않았다. 백은 주춤주춤, 노래를 따라 부르기 시작했다. 누군가 자신의 손을 잡는 느낌이 들었다. 습기 찬 손이었다. 백의 목소리가 조금씩 커졌다. 맥주가 엎질러졌다.

백은 호텔로 돌아와서 팬카페에 접속했다. 아니나 다를까, O는 누구보다도 빠르게 리더의 마지막 메시지를 번역해 올려놓았다. 백은 그것을 클릭했다. 우리는 결성 이래 단 한 번도 완전한 소리를 들려드린 일이 없습니다. 글은 상당히 길었다. 백은 무심하게 스크롤을 내렸고, 댓글이 아직 달리지 않은 것을 보았다. 그는 브라우저의 탭을 끄고 검색 창을 열었다. 그리고 O의 아이디를 검색했다.

그러나 본명의 이니셜과 생년월일을 조합해 만든 듯한 아이디는 너무 흔해서 오히려 검색하기가 쉽지 않았다. 그는 포털 사이트의 카페에 올라온 몇 건의 글을 발견했으나, 그 글들은 말투나 단어 선택으로 미루어 보았을 때 O의 글로는 보이지 않았다. 그는 O의 이름 역시 인터넷에서 검색해보았다. 같은 이름을 사용하는 사람들 중 일부가 올린 글이 검색되었다.

그들은 중고 장터에서 물건을 사고팔았고, 메이크업 숍에서 졸업 사진 메이크업을 예약했으며, 아직 손도 대지 않은 방학 숙제를 빠르게 해치울 수 있는 방법을 질문하기도 했고, 졸업 사진을 올리며 어디를 고치는 것이 좋을지 물어보기도 했다. 보험 가입자를 모으는 글도 있었고, 떠나간 연인에 대한 분노를 토로하는 글도 있었다. 백은 그것들을 하나하나 읽었다. 싫증이 나지는 않았다. O에 대한 글은 무한히 존재하는 것 같았다. 그러나 그 글들 중 어디에도 O는 존재하지 않았다.

여행은 나쁘지 않았다. 백은 인터넷에 올라와 있는 여러 건의 후기를 종합하고 걸러서 루트를 설계했고, 철저하게 계획에 따라 움직였다. 사진을 많이 찍었고, 영수증과 티켓, 리플릿을 모두 모아두었다. 돌아오는 비행기 안에서 백은 그것들을 살펴보았고, 비교적 만족스러운 기분으로 잠을 청할 수 있었다. 돌아가는 비행기는 난기류를 겪지 않았다.

콘서트가 끝나고 얼마 지나지 않아, 리더 A가 새로운 밴드를 결성하여 최근에 첫 앨범을 발표했다는 사실이, 드러머는 실용음악학과의 강사로 취직했다는 사실이 알려졌다. 모든 소식은 O를 통해서 전해졌다. 백은 그것들을 출근하는 버스 안에서 읽었다. 좋은 일이라면 좋은 일이었다. 팬카페에는 그들의 선택을 지지한다는 내용의 글이 올라왔다. 백은 그것들 역시 반복해서 읽었다. 마지막 콘서트의 DVD와 블루레이가 출시되었고, 그것을 구입한 회원들이 사진을 찍어 올렸다. 백은 비슷한 구도로 찍힌 비슷한 사물들의 사진을 무심한 표정으로 쓸어 넘겼다. 음향 사고에 대해서 언급한 글은 빠르게 지워졌다.

그리고 그들의 소식이 들려오는 빈도가 줄기 시작했다. 리더의 새로운 밴드는 주목할 만한 성과를 내놓지 못했고, 그들의 앨범은 음원 차트에 오르기도 전에 묻혀버리고 말았다. 보컬 P의 결혼 소식이 들린 것과 거의 비슷한 시기에 이혼 소식이 들려왔으며, 그는 곧 자살 미수 사건으로 포털 사이트에 이름이 오르내리기 시작했다. 기타리스트는 실형을 선고받았다. 잘못 표기된 이름과 틀린 인적 사항을 포함한 해외 연예란의 기사를 읽으며 백은 밥을 먹었고, 출퇴근을 했고, 산책을 했고, 화장실에 다녀왔고, 잠이 들었다.

자유 게시판에는 더 이상 새로운 글이 올라오지 않는다. 아무도 O의 조문을 가지 않은 모양이다. 그런데도 O에 대한 글은 여전히 게시판의 가장 윗부분을 차지하고 있다. 백은 시간마다 게시판에 새로 올라오는 글을 확인한다. 게시물의 목록에는 변함이 없고, 댓글 수는 늘어나지 않는다. 그저 조회 수가 조금씩 증가하고 있을 뿐이다. 그 사실을 알아차릴 때마다 백은 자신이 혼자 있다는 느낌을 받는다. 그리고 그것은 제법 괜찮은 기분이 드는 일이다.

백은 휴가를 떠난다. 몇 명의 친구들과 함께이다. 그들은 아름다운 해변과 미술관이 유명한, 옥상마다 깨끗한 수영장이 있는 도시로 향한다. 그들은 그곳에서 늘어지게 낮잠을 자고, 맛있는 음식을 먹고, 수영을 할 것이다. 어쩌면 의외의 인연을

166

만나게 될지도 모르는 일이다. 백은 적당히 유쾌한 기분으로 비행기에 올라탄다. 그를 지치게 하는 일들이 어느 정도 마무리되고 있기에, 그의 마음은 가볍다. 아마 돌아올 때쯤이면 모든 것이 정리되어 있을 것이다.

여행지에서 그는 많이 웃고, 많이 걷고, 휴양지의 선베드에 누워서 칵테일을 마시고, 쇼핑을 하고, 해변을 산책한다. 이따금씩 일행들이 쇼핑에 열중하고 있을 때, 그는 휴대전화로 팬카페에 들어가 새로운 글을 체크한다. 그는 한 학기 만에 그만둔 동아리 활동이나, 술김에 손을 잡았다가 반년 정도 만나고 어영부영 헤어지고 만 선배에 대해서 생각하지 않는다. 저녁때면 그는 수영장 물 위에 누워 가만히 떠 있다. 숙소로 돌아가기 위해 물 밖으로 나오면 귓구멍에 물이 차 있어서 곤란했지만, 적당히 습하고 따스한 공기가 기분 좋게 느껴진다.

팬카페에 O의 아이디로 새로운 글이 올라온다. 안녕하세요. O의 동생입니다. 웬만하면 더는 글을 쓰지 않을 생각이었는데, 아무리 생각해도 도를 넘어선 듯해서 글을 씁니다. 어떻게 된 건지는 모르겠지만, 며칠 전부터 카페에서 봤다면서 전화를 걸어오시는 분들이 있는데, 굉장히 불쾌합니다. 번호를 어떻게 아시게 된 건지는 모르겠지만, 더 이상은 연락 오는 일이 없었으면 합니다. 여태까지 전화하셨던 분들의 신상은 사이버 수사대를 통해 확보한 상태입니다. 만에 하나 또 연락이 오는 일이 있으면, 그에 상응하는 법적인 조치를 취할 예정입니다.

인컴플리트 피치   167

그 글에는 아무런 댓글도 달리지 않는다. 조용히 조회 수가 늘어날 뿐이다. 그가 휴대전화 화면을 물끄러미 쳐다보고 있는 것을 발견할 때마다, 그의 일행은 그에게 무엇을 보고 있느냐고 물어본다. 그럴 때마다 그는 아무것도 아니라는 대답을 반복한다. 그리고 일행은 곧 백에 관한 관심을 잃어버린다. 백은 동행이 가판대의 물건을 뒤적이는 것을, 갓 짜낸 과일 주스를 마시는 것을, 해변을 걷는 것을 본다. 그것은 보기에 좋은 장면이다. 그는 사진을 몇 장 찍고, 다시 휴대전화 화면을 들여다본다. 새로운 것은 아무것도 없다.

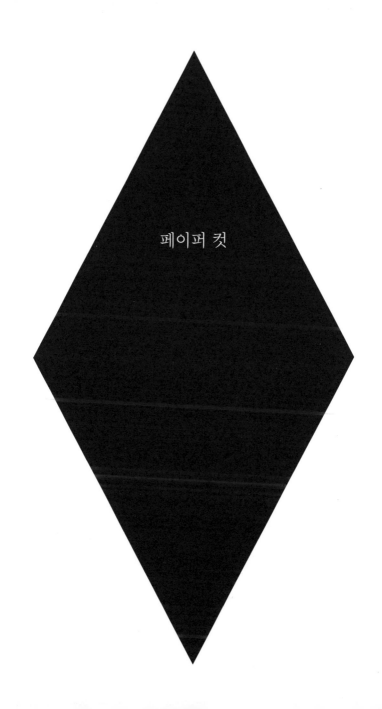

페이퍼 컷

A는 도망치고 싶었다. A는 도망치기 위해 필요한 것들에 대해서 골똘히 생각해보았다. 생각의 끝에, A는 세상에서 가장 긴 죄의 목록과 세상에서 가장 복잡하고 자세한 지도가 있으면 어디로든 얼마든지 도망칠 수 있다는 결론을 내렸다. 그렇다면 세상의 모든 죄가 적혀 있는 곳은 어디일까, A는 열심히 생각해보았지만 알 수 없었다. 세상에서 가장 복잡하고 자세한 지도가 있는 곳에 대해서도 생각해보았지만, 그것 역시 알 수 없는 일이었다.

생각 끝에 A는 가진 돈을 모두 털어 가장 비싼 스마트폰을 구입했다. 검색에 검색을 거듭하다 보면 가장 외진 곳, 가장 숨기 좋은 곳을 알 수 있으리라는 것이 A의 계산이었다. 어쩌면 세상의 모든 형법 전서를 읽을 수 있을지도 몰랐다. 그러나 A는 이동에는 거리가 필요하다는 것을, 거리에는 한계가 있다는 것을 알지 못했으며, 세상의 모든 형법 전서가 손에 쥐어진 다고 한들 그것을 읽을 만한 능력도 갖지 못했다. A는 멀리 갈 수 없었지만, 가까운 곳으로도 갈 수 없었고, '가장 외진 곳' '가 장 숨기 좋은 곳'이라는 검색어는 아무것도 알려주지 않았다. A가 할 수 있었던 것은 기껏해야 가장 두꺼운 암막 커튼을 구 입하는 것뿐이었다. 자물쇠는 구입하지 않았는데, 그것은 A가 문의 바깥에 자물쇠를 건 후에 방에 들어가는 방법을 알지 못 했기 때문이었다.

두꺼운 암막 커튼을 친 방에서 A는 잠을 잤다. 아니, 눈을 감고 있었다. 머리맡에는 제도용 커터칼과 수학 문제집과 가 장 비싼 스마트폰을 놓아두었다. 에어컨 풍량을 최대로 올려 놓은 탓에, 방 안의 공기는 몹시 차가웠다. 차가운 공기가 A의 살갗 위를 떠다녔다. 어차피 어두운 방 안인데도, A는 고집스 럽게 감은 두 눈을 뜨지 않았다. 마치 잠을 자는 것이, 잠을 잘 수 없다면 잠을 자는 척이라도 하는 것이 A의 유일한 할 일인 것처럼 A는 계속 눈을 감고 곧은 자세로 누워 있었다. 그러나 그런 A라도 눈을 뜰 수밖에 없는 일이 있었다. 그것은 바로 남 자의 방문이었다.

A는 놀라거나 당황하지 않았다. 남자의 방문은 이미 예정 된 일이었다. A는 철문 너머의 방문자에게 욕을 하거나 썩 꺼 지라고 외치는 대신, 여생이란 마치 여죄의 집합과도 같다는, 오래전에 들은 말을 떠올렸다. 사지가 차갑고 뻣뻣하고 무거 웠다. 초인종 소리가 멈추지 않아서, A는 차갑고 뻣뻣하고 무

172

거운 손으로 차갑고 뻣뻣하고 무거운 두 팔을 연신 쓸어 내리며 문밖의 방문자를 향해 말을 걸었다. 누구세요. 그러나 대답은 돌아오지 않았고, 초인종이 다시 울렸다. A는 철문을 노려보다가, 초인종이 한 번 더 울리기 전에 자물쇠를 풀고 문을 열었다.

방문자는 가볍게 묵례를 하고 종이 우산을 접으며 현관으로 들어섰다. 그의 종이 중절모에서 빗방울이 뚝뚝 떨어져, 그의 종이 구두 아래 물웅덩이를 만들었다. 그의 종이 양말도 흠뻑 젖어 있었고, 그것은 그의 종이 코트 역시 마찬가지였다. 그의 종이 손톱 끝에도 빗방울이 방울방울 맺혀 있었다. A는 처음으로 만나는 방문자가 종이 우산을 찬찬히 각을 세워 접은 뒤, 그것을 현관 구석에 세워두고, 종이 구두를 가지런히 벗어 발끝이 문을 향하도록 돌려놓은 후에 방 안에 들어와 단 하나뿐인 의자에 앉는 모습을 관찰했다. 현관문이 아직 열려 있었고, 빗소리가 들렸다. A가 문을 닫고 들어오며 물어보았다. 뭐좀 마실래? 그러나 종이 남자는 고개를 저었다. A는 침대에 앉았다. 종이 남자가 입을 열었다.

자, 이제 진술서를 작성하자. A는 종이 남자에게 질문했다. 무엇에 대한 진술서를 쓰면 되는데? 무엇에 대해서건. A는 어깨를 으쓱했다. 그렇게 말하면 내가 어떻게 알아. 나는 진술할 내용이 아무것도 없는걸. 하지만 종이 남자는 아무것도 설명하지 않았다. 그 대신 자기의 종이 슈트케이스에서 몇 장의 종이와 연필 몇 자루를 꺼내어 책상 위에 올려놓았다. 그것들은 젖어 있지 않았다. 나는 열흘 후에 다시 올 거야. 그때까지 네가 진술서를 다 써놓았으면 좋겠어. A는 대답하지 않았다. 종이 남자는 A의 대답을 굳이 기다리지 않았다. 그는 현관으로 걸어가, 문밖을 향하도록 돌려놓았던 종이 구두를 신고, 현관 한구석에 접어 세워둔 종이 우산을 들고, 철문을 열고 문밖으로 걸어 나갔다.

A는 진술서를 작성하지 않았다. 그것은 적극적인 불이행이라기보다는 소극적인 방치에 가까웠다. A는 여느 때와 마찬가지로 침대에 곧게 누워, 에어컨을 가장 세게 틀어놓고, 종이 남자가 두고 간 종이를 최초의 그 자리에 남겨둔 채, 그렇다고 해서 연필을 건드리지도 않고, 모든 것을 그 자리에 놓아둔 채로, 눈을 꾹 감고 시간을 흘려보냈다.

당연하게도, 종이 남자가 돌아왔을 때 A의 진술서에는 아무런 내용도 씌어 있지 않았다. 아니, 일단 좀 들어봐. 그게 말이지, 무슨 일이 있었는지 잘 생각이 나지도 않았거니와, 적어놓고 보니 철자가 틀린 부분이 너무 많더라고. 그래서 수정하려고 찾아보니까, 볼펜은 있는데 수정 펜이 없는 거 있지. 일단 나중에 고치려고 쭉쭉 그어놓긴 했는데, 사전이 없어서 말야. 봐, 이 방에 있는 책이라고는 저 수학 문제집이 전부인걸. 그래도 나는 나름대로 노력했어, 정말이야. 그러나 종이 남자는 아무런 대답도 하지 않았다. 그의 종이 입술이 꾹 닫혀 있었다. 왜 그래, 좀 지저분하긴 해도 읽을 수는 있잖아. A가 말했다. 하지만 종이 남자는 좀처럼 대답을 하지 않았다. 한참 후에야 종이 남자는 입을 열었다.

　이것 봐, 네가 쓴 이 진술서는 모든 문장에 취소 선이 그 어져 있잖아. 이건 마치 아무것도 안 쓴 것과 같은 거라고. 게 다가 세 번, 네 번씩 그어놓았으니, 이건 세 번, 네 번 아무것도 안 쓴 것과 똑같아. 어째서 그렇지? A가 질문했다. 난 종이 한 장을 양면 가득 채웠는걸. 손이 빠져버리는 줄 알았어. 종이 남 자가 한숨을 내쉬었다. 손가락이 빠지든, 발가락이 빠지든, 썼 다가 지운 것은 아무것도 안 쓴 것과 마찬가지야. 새로운 종이 를 놓고 갈게. 다음엔 진술서 비슷한 무엇이라도 좀 읽을 수 있게 해주면 좋겠군. 수정 펜과 사전은 다음에 올 때 가져다줄 게. 종이 남자가 의자에서 일어섰다. 나는 열흘 뒤에 다시 올 거야. A는 대답을 하는 대신 철문을 열었다. 종이 남자가 걸어 나갔다.

　A는 여전히 진술서를 작성하지 않았다. A는 빈 종이 위에 커피와 포도주스와 네일 리무버를 부었다. 이거 말이지, 얼룩 이 너무 크게 생겨서 말야. 여기에 뭘 써도 되는지 잘 모르겠 어서 물어보려고 했어. 진술서는 사실을 알기 위한 것이라면 서. 그러면 깨끗한 종이에 써야 하는 것 아닐까? 또, A는 종이 남자가 두고 간 종이를 구겨서 침대 밑에 던져 넣어버리고는 잃어버렸다고 거짓말을 쳤다. 종이 남자가 가져다준 사전은 몇 번이고 벽에 패대기를 쳐서 영 못쓰게 만들어버리고 말았 다. 망가진 사전에서 떨어져 나온 페이지를 가지고 거북이나 학을 접기도 했고, 진술서를 쓰지 않은 빈 종이를 가지고 매미

페이퍼 컷　　　　175

나 황소를 접기도 했다. A의 동물들은 자꾸만 늘어나서, A의 침대 머리맡에는 작은 동물원이 만들어졌다. A는 종이 남자에게 그것들을 자랑스럽게 보여주었으나, 종이 남자는 감탄하는 대신 더 많은 종이를 던져놓고 떠나버렸다. 아무래도 그의 가방에서는 종이가 끝없이 나오는 모양이었다. 한 문장이어도 괜찮아. 딱 한 문장이어도 좋으니, 진술서를 작성하도록 해. 종이 남자는 항상 같은 말을 남기고, A에게 더 많은 종이를 쏟아부어놓고 떠나갔다. 열흘 뒤에 찾아올게.

그러나 A는 진술서를 쓰기는커녕, 종이 남자가 사라지기가 무섭게 종이 남자가 두고 간 종이 뭉치를 전부 바닥에 쏟아버렸다. 좁은 방 바닥에 종이가 흩어졌다. A는 그것을 밟았고, 깔고 앉았고, 발로 비볐고, 손으로 구겼지만, 무슨 짓을 해도 종이는 그저 많고 많을 뿐이었다. A는 진술서를 쓰고 싶지 않았다. 하지만 어디까지나 A는 실패한 도망자였고, 진술의 의무로부터 어떻게 도망쳐야 하는지 알 수 없었다. A는 종이들 위에 엎드리기도 했고, 드러누워보기도 했다. 눈물이나 콧물, 아니면 침 같은 것을 묻혀볼까 생각하기도 했지만, 어차피 종이 남자에게 A의 눈물이나 콧물, 침 같은 것은 네일 리무버나 포도주스, 커피 같은 것과 하등 다를 바가 없을 터였다. A는 종이 더미 위에 드러누워서, 깨끗해진 책상을 올려다보았다. A가 갑자기 몸을 일으켰다. A는 발바닥에 빈 종이를 붙인 채로 제도용 커터칼을 가지고 와서, 책상 앞에 앉았다. 그리고 바닥에서 종이를 한 장 집어 들어 그것을 자르기 시작했다.

열흘 뒤, 종이 남자가 A의 방문을 열었을 때 바닥에는 가늘게 잘린 종잇조각들이 잔뜩 쌓여 있었다. 어떤 종잇조각들은 세모 모양이었고, 어떤 것은 어설픈 사다리꼴을 하고 있었다. 어떤 것은 손가락 한 마디의 너비를 가지고 있었고, 어떤 것은 실이라고 해도 좋을 만큼 가늘었다. 종이 남자가 몸을 굽혀 그것들을 주웠다. 그것들은 하나같이 하얗고, 가벼웠고, 바스락거렸다. A가 침대에 누워 말했다. 얇은 여름 이불로 얼굴을 가린 채였다.

그거, 내가 한 거 아냐. 자고 일어나 보니까 그렇게 되어 있었어. 앞으로는 좀 잘 안 찢어지는 종이를 가져다주면 좋을 것 같아. 종이 남자는 A의 말에 대답하지 않았다. 그 대신 방바닥에 주저앉아, 종잇조각들을 입안에 털어 넣었다. 종잇조각이 종이 남자의 종이 몸속으로 사라져갔다. 그는 한참 동안 그 자리에 앉은 채로, 종잇조각을 삼키고 또 삼켰다. 남자가 종잇조각들을 집어 들 때마다 방바닥이 조금씩 드러났다. 마지막 종잇조각을 한 뭉치 털어 넣은 뒤에, 그가 종이 슈트케이스를 열었다. 하얗고 깨끗하고 각진 종이들이 가지런히 정리되어 들어 있었다. 그는 그것을 A의 책상 위에 올려놓았다. 이번에는 꼭, 반드시 진술서를 쓰도록 해. 허튼짓하지 말고.

그러나 열흘 뒤에도 그는 진술서를 받지 못했다. 그가 남겨두고 간 종이 더미들은 그저 종이 더미인 채로 책상 위에 놓여 있었다. 종이 더미를 굽어보는 그의 종이 중절모에서 빗방울이 떨어졌다. 종이 남자가 물어보았다. 진술서는 어디에 있지? A가 눈을 꾹 감은 채로 대답했다. 여름 이불이 침대 발치에 구겨져 있었다. 책상 위에, 잘 찾아보면 있어. 종이 남자는 한참 동안 종이 더미를 뒤적였다. 과연, 종이 뭉치의 가장 아래쪽에 A의 진술서가 놓여 있었다. 표지의 한가운데에 '진술서'라는 제목이 적혀 있었고, 그 아래에는 A의 이름이 씌어 있었다.

그는 스테이플러로 고정된 종이들을 집어 들어 한 장, 한 장 찬찬히 살펴보았다. 열다섯 장 정도에 걸쳐서 수식과 숫자들이 여러 가지 색으로 복잡하게 적혀 있었다. 취소 선을 긋고 다시 쓴 수식들도 있었고, 가위표를 쳐둔 그래프도 있었다. 종이 남자가 종이 손으로 종이 이마를 짚었다. 이게 도대체 뭐야? A가 대답했다. 내 진술서지, 뭐긴 뭐야. 제목에도 씌어 있잖아. A는 감은 눈을 뜨지 않았다. 그러나 종이 남자는 그 종이 더미에서 진술과 유사한 그 무엇도 찾을 수 없었다. 이건 진술서가 아니야. 아니라고. 남자의 말이 끝나기가 무섭게 A가 대답했다. 아니, 그건 내 진술서가 맞아. 제목이 진술서인걸. 그게 내 진술서가 아니라면 도대체 뭐겠어. 종이 남자는 A에게 설명을 요구했다. 이게 어떻게 너의 진술서가 될 수 있다는 거지? A가 천천히 침대에서 일어나 앉았다.

간단한 증명이야. 미분 함수를 유도하는 방법인데, 중간에 몇 번 틀려서 생각보다 종이를 더 많이 쓰고 말았어. 그래도 이번엔 틀린 부분이 있으면 다시 깨끗하게 고쳐 쓰기까지 했다고. 너도 읽어봤으니까 무슨 말인지 알 텐데. 혹시 수학 못해? 그러면 내가 설명해줄 수도 있어. 물론 나도 잘 아는 건 아니지만 말야. 사실 말이지, 나는 미적분을 못해서 이렇게 된 거나 마찬가지거든. 미적분이 다 뭐야, 미분의 미음도 몰랐어, 난. 그래도 찬찬히 붙잡고 풀어보니까 할 만하더라고. 조금만 더 일찍 알았으면 좋았을 텐데. 그렇지만 나도 할 수 있었으니까, 너도 하면 할 수 있을 거야. A가 작은 소리로 웃었다.

종이 남자가 고개를 절레절레 내저었다. 안 되겠어. 네가 진술서를 쓸 때까지 감시해야 할 것 같군. 그러나 A는 어깨를 들었다 놓을 뿐이었다. 소용없을걸. 내가 할 줄 아는 건 저런 것들뿐이야. 종이 남자는 A의 문제 풀이를 책상 위에 올려놓았다. 이건 네가 버리든지 말든지 마음대로 해. 난 이걸 가져갈 수 없어. 그리고, 진술서를 쓰도록 해. 네가 진술서를 다 쓸 때까지 나는 여기에 있을 거야. A는 다시 침대 위에 누워 눈을 감았다. 그러든가. 하지만 나는 저 빌어먹을 진술서에는 손도 대지 않을 거야. 종이 남자가 방 안에 단 하나뿐인 의자에 앉았다. 두고 봐야지.

종이 남자는 정말로 A의 집에 머무르기 시작했다. 그는 A를 지켜보았다. 그러거나 말거나, A는 평소와 같이 곧게 누운 자세로 두꺼운 암막 커튼을 쳐놓은 방에서 두 눈을 꾹 감고 에어컨 바람을 맞았다. A의 양팔에 돋은 소름이 좀처럼 가라앉지 않았다. 종이 남자의 종이들은 그들이 놓인 바로 그 자리에서 펄럭였고, 종이 남자의 필기구들 역시 자신의 자리를 지키고 있었다. 평소와 다르지 않은 모습이었다. 달라진 것이라고

페이퍼 컷

는 오로지 종이 남자의 존재뿐이었다.

이따금 종이 남자가 며칠씩 집을 비우는 일도 있었다. 그럴 때면 종이 남자는 종이 슈트케이스에서 종이를 한 뭉치 더 꺼내어 책상 위에 올려두었다. 이미 종이가 너무나 많이 쌓여서 바닥으로 자꾸만 흘러내리는데도, 종이 남자는 개의치 않았다. 나갔다 올게. 종이 두고 가니까 좀 써놓도록 해. 그러나 A는 그의 말을 듣는 척도 하지 않았다. 종이 남자의 종이 발소리가 저 멀리 멀어지고 나면 A는 침대 머리맡에 놓아두었던 제도용 커터칼을 들고 책상 앞에 앉았다. 그러고는 책상 위에 쌓인 종이들을 일정한 간격으로 썰었다. 종이 남자가 두고 간 종이들은 새하얀 종이 가루가 되어 책상 아래에 수북이 쌓였다.

그러나 종이 남자는 아랑곳하지 않았다. 철문을 열 때마다 문 모서리에 밀려 나가는 한 무더기의 종잇조각들을 보고서도 그는 태연하게 종이 우산을 정성 들여 각을 세워 접어두고, 종이 구두를 가지런히 벗어 문밖을 향하게 돌려놓은 후에야 방 안에 들어와 앉았다. 그가 걸음을 옮길 때마다 축축하게 젖은 종잇조각이 축축하게 젖은 종이 양말에 달라붙었다. 그는 책상 앞에 앉자마자 종이 슈트케이스를 열어 두꺼운 서류 뭉치를 꺼냈다. 그것은 종이 남자가 빗속을 돌아다니며 받아 온 진술서들이었다.

A는 그렇게나 많은 사람들이 그렇게나 순순히 진술서를 쓴다는 사실을 도저히 믿을 수가 없었다. 게다가 종이 남자는 그 많은 진술서들을 하나하나 꼼꼼히 읽었다. 펜을 꺼내어 줄을

긋거나 별표를 치기도 했다. 그렇게 한 편의 진술서를 꼼꼼히 검토한 다음에 그는 그것을 입안에 넣고 삼켜버렸다. A는 침대에 똑바로 누운 채로, 그 모든 것을 실눈을 뜨고 지켜보았다.

어떤 내용이 씌어져 있어? 이따금씩 A는 질문했다. 그러나 종이 남자는 언제나 대답할 수 없다는, 단호한 대답을 반복할 뿐이었다. 왜, 왜 안 되는데? A가 추궁하면, 종이 남자가 대답했다. 왜냐하면, 이건 그들의 진술서이지 나의 진술서가 아니니까. 봐, 나는 타인의 진술을 함부로 취급하지 않아. 그러니 너도 어서 진술서를 쓰지 그래. 종이 남자가 그렇게 말하면, A는 입을 닫고 눈을 감아버렸다. 종이 남자는 다 읽은 진술서를 꼭꼭 씹어 삼키고 나서 말했다. 깨어 있을 거면 뭐라도 하는 게 나아. 그게 진술서 쓰기라면 더더욱 좋고. 어차피 너는 제대로 잠을 자는 것도 아니잖아. 무엇이든 쓰는 게 훨씬 생산적일 거라고 생각해. 종이 남자는 그렇게 말하고는 자리에서 일어섰다. 나는 다시 나갔다 올 거야. 마음이 바뀌면 뭐라도 좀 써보도록 해. 진술서가 아니어도 괜찮아. 그러나 A는 종이 남자가 진술서가 아닌 것에는 손도 대지 않으리라는 사실을 잘 알고 있었다.

A가 진술서를 쓰려는 시도를 아예 하지 않은 것은 아니었다. 종이 남자가 외출해 있는 동안, A는 책상 앞에 앉아 커터칼 대신 볼펜을 쥐어보기도 했다. 커터칼은 단 한 자루였지만 볼펜은 지독하게 많아서, 그중 한 자루를 고르는 데에도 지나치게 오랜 시간이 걸렸다. A는 그것들을 하나하나 손에 쥐

어보았으나, 그것들은 대체로 너무 무겁거나 너무 가벼웠으며, 무게가 적절할 때에는 색이 마음에 들지 않았고 색이 마음에 들 때면 디자인이 예쁘지 않았으며 디자인이 적절할 때에는 필기감이 좋지 않았다. 더욱이 에어컨 바람 때문에 차갑고 뻣뻣해진 손으로 볼펜의 뚜껑을 열거나 볼펜의 노브를 누르는 것은 너무나 힘이 많이 드는 일이었기 때문에, 그렇다고 해서 A에게 에어컨을 끌 생각이 있었던 것은 아니었으므로, A는 진술서를 쓰는 대신 그래프를 베껴 그렸다. 그리고 그 옆에 여러 가지 색으로 수학 문제를 풀었다. 가끔씩 수식을 쓰다 말고 볼펜을 내동댕이치기도 했는데, 그것은 문제를 푸는 일이 진술서를 쓰는 일만큼 어려웠기 때문이었다. A는 문제 풀이를 포기하고 제도용 커터칼을 집어 들었다. 볼펜을 쥐고 무엇인가를 쓰는 일에 비하면 커터칼의 칼날을 뽑는 일은 웃음이 나올 정도로 쉬운 일이었다. A는 숙련된 절단 기계처럼 종이를 잘랐다.

종이 남자의 외출 빈도는 날이 갈수록 줄어들었다. 종이 남자가 들고 오는 진술서의 양도 어느새 몇십 장에서 몇 장으로 줄었다. 어느 날 외출에서 돌아온 종이 남자가 A에게 말했다. 내가 모아야 하는 진술서는 거의 다 모았어. A는 침대에 누워 눈을 감은 채로 심드렁하게 대꾸했다. 아, 그래? 그런데, 딱 한 장이 남았어. 그게 바로 너야. 네가 마지막 한 장이야. 너는 빨리 진술서를 써야 해. 남자가 힘주어 반복했다. 그러나 남자의 반복은 남자의 반복일 뿐이었다. A가 자리에 누운 채로 눈을 떴다. 종이 남자가 A를 내려다보고 있었다.

왜? A가 물어보았다. 종이 남자의 종이 손에는 종이 뭉치와 볼펜이 들려 있었다. 종이 남자가 종이 입술을 열어 말했다. 네가 마지막이니까. 마지막 딱 한 장이 남았다고 했잖아. 너는 빨리 진술서를 써야 해. 그것이 너의 의무야. 그러나 A는 좀처럼 움직이려 들지 않았다. A가 여름 이불을 끌어당기며 말했다. 왜? 어째서 그게 나여야 하는 거지? A의 질문이 채 끝나기도 전에 종이 남자가 대답했다. 나는 너의 진술서가 필요하니까. 왜 그게 필요한데? A가 재차 물었다. 왜냐하면, 너는 아무것도 말하지 않았기 때문이지. 종이 남자가 힘주어 말했다. 너는 무엇이든 말해야 해. 그리고 그것을 수집하는 게 내가 해야할 일이지. 자, 어서 자리에서 일어나. 너는 진술서를 써야 해. 빨리 일어나서 진술서를 써. 아니면 너를 종이로 질식시켜버릴 거야. 그가 종이 뭉치를 위협적으로 흔들었다. 그러나 이미 공기 중에는 종이 남자의 발걸음에 잔뜩 들뜬 종이 먼지들이 희뿌옇게 떠다니고 있어서, 누구라도 숨을 들이마셨다가는 바로 질식해 죽어버릴 것 같았다. 어서, 어서 일어나. 종이 남자가 A를 재촉했다.

A는 느릿느릿 몸을 일으켜 책상 앞에 앉았다. 온몸이 차갑고 빳빳하고 무거워서, 잘 움직이지 않았다. A가 말했다. 종이를 줘봐. 종이 남자가 종이 뭉치를 건넸다. A는 그것을 받아 책상 위에 올려놓았다. 오른손으로는 가볍게 종이의 위쪽 모서리를 누르고, 왼손에는 종이 남자가 쥐여준 볼펜을 잡았다.

그리고 A는 무엇인가를 써 내려가기 시작했다. 잠시 후, A가 볼펜을 책상 위에 내려놓고, 종이 남자에게 종이를 내밀었다. 종이 남자는 그것을 받아 들고 읽기 시작했다. 이윽고 그의 종이 입술이 뒤틀리기 시작했다.

너는 대체 왜 진술서를 쓰지 않는 거지?

이게 내 진술서야. 내가 할 수 있는 진술은 이것밖에 없어.

종이 남자는 A의 진술서를 책상 위에 내려놓았다. 종이는 여러 개의 수식과 그래프, 숫자와 영문자로 빼곡하게 채워져 있었다.

다시 써. 종이 남자가 말했다. 이런 건 진술서가 아냐.

왜? 말했잖아. 이게 내가 할 수 있는 유일한 진술이야.

아니, 다시 써. 다시 써야만 해. 종이 남자가 A의 눈앞에 새로운 종이 더미를 내려놓았다. A는 볼펜을 집어 들고 노브를 몇 번 딸깍였다. A는 다시 종이 위에 무엇인가를 써 내려가기 시작했다. 그러나 그것은 진술서가 아니었다. 적어도 종이 남자에게는 그러했다. A의 볼펜이 등호를 채 긋기 전에, 종이 남자가 비명을 지르며 A에게서 종이를 빼앗았다. 왜 이런 짓을 하는 거지? 이런 건 진술이 될 수 없어. 종이 남자가 고래고래 소리를 질렀다. 갑작스러운 힘 때문에 종이에 구멍이 뚫리고, 책상에 볼펜 자국이 남았다. 하지만 종이 남자는 그런 것들에는 아무런 관심이 없는 모양이었다.

종이 남자가 볼펜 자국을 손바닥으로 문질러 지우고 있는 A에게 새로운 종이 더미를 내던졌다. 어서 진술서를 써. 빨리 진술을 하란 말야. 제대로 된 진술서를 써. 네가 할 일은 그 것뿐이야. 그러나 A는 종이 위에 새로운 그래프를, 또 다른 문제를 적어나가기 시작했다. 종이 남자가 다시 A에게서 종이를 빼앗았다. 책상 위에 또 다른 볼펜 자국이 생겼다. 그만둬, 당장 그만둬. 종이 남자가 울부짖었다. 빌어먹을 수학 문제 따위, 당장 집어치우라고. 심지어 네 진술은 일관적이지도 않아. 서로 다른 문제들을 풀어놓고 도대체 뭘 어쩌겠다는 거야?

종이 남자는 A의 문제들을 박박 찢어 갈겼다. A는 종이 남자가 울부짖는 것을, 종잇조각들을 허공에 흩뿌리는 것을, 그것이 바닥에 떨어져 내리는 것을 조용히 바라보았다. 종이 남자가 A에게 더 많은 종이들을 들이밀었다. A가 입을 열었다. 너는 내가 이 이상으로 일관된 진술을 할 수 있을 거라고 생각해? 그러나 종이 남자는 A의 말을 듣고 있지 않았다. 종이 남자는 이제 온몸에서 종이를 쏟아내기 시작했다. 그의 종이 코트의 소매에서, 종이 양말에서, 종이 구두의 뒷굽에서, 종이 중절모에서, 종이들이 자꾸자꾸 쏟아져 나왔다. 진술서를 써, 너는 진술서를 써야만 해, 제대로 된 진술서를 써야 한다고. 지금, 당장, 빨리.

그러나 A는 진술서를 쓰는 대신 볼펜을 책상 위에 내려놓았다. 종이 남자가 뱉어 내는 종이들 때문에 볼펜이 바닥에 떨어졌지만, A는 그것을 줍지 않았다. 그 대신 A는 종이 먼지를 헤치고 침대로 다가가, 머리맡에 놓아두었던 제도용 커터칼을 집어 들었다. 종이 남자는 종이를 쏟아내며 A가 드르륵 소리와 함께 커터칼의 날을 뽑는 것을, 그것을 한 칸 잘라내는 것을, 잘라낸 칼날을 방바닥에 버리는 것을, 그리고 다시 책상 앞에 앉는 것을, 오른손으로 종이를 고정한 채 왼손으로 종이의 표면을 내려 긋기 시작하는 모습을 보았다. 가늘게, 아주 가늘게, 종이 남자가 쏟아내는 종이들이 종잇조각이, 종이 실이, 종이 먼지가 되어 바닥으로 떨어져 내리기 시작했다.

A의 움직임은 마치 기계 같았다. 커터를 쥔 왼손이 위에서 아래로 움직이면, 종이를 쥔 오른손이 왼쪽으로 조금 움직였다. 왼손은 다시 종이를 잘라냈고, 오른손은 다시 종이를 밀어냈다. 그러면 종잇조각들이 바닥으로 떨어져 종이 더미와 뒤섞였다. 종이 남자는 끊임없이 A의 머리 위로 종이를 쏟아부었다. 하얗고 흩날리는 것들이 시야를 가렸지만 A는 아랑곳하지 않았다. 한 치의 흐트러짐도 없는 자세로 종이를 자르고, 자르고, 또 자를 뿐이었다. 칼날이 A의 살점을 베어도 A는 멈추지 않았다. 베인 자리에서 피가 배어 나와도 A는 멈추지 않았다. 하얀 종잇조각이 빨갛게 물들어도 A는 멈추지 않았다. 하얗고 빨간 종잇조각이 좁은 방을 메우기 시작했다. 그것들은 이윽고 검붉은 색으로 바뀌었다. 이게 도대체 무슨 짓이야, 종이 남자의 종이 얼굴이 파들파들 떨렸다. 대체 너는 왜 진술서를 쓰지 않는 거지?

너도 알고 있잖아, 이 이야기에서조차 나는 부모를 죽이지 못해. A가 담담한 목소리로 말했다. A는 말하면서도 칼질을 멈추지 않았다. 종이 뭉치가 줄어들고 종잇조각이 늘어나고 있었다. 게다가 내가 가진 제도용 커터칼로는 아무런 위해도 입힐 수 없지. 애초에 아무것도 제대로 된 게 없었어, 나도 잘 알고 있다고. 심지어 나는 도망치는 것조차 제대로 하지 못했어. 그렇지만 이젠 미분이 나오는 문제를 풀 수 있지. 그거면 된 거 아냐? 어떤 사람들은 미분을 못 해서 죽기도 해.

A는 절단을 멈추지 않았다. 종이 남자의 온몸이 심하게 떨리고 있었다. 종이 남자는 더 이상 종이를 뱉어내지 못했다. 그러나 A는 그 사실을 깨닫지 못한 채 부지런히, 성실하게 계속해서 종이를 세단하고 있을 뿐이었다. 더 많은 피가 종이 위로 번져나갔지만, A는 멈추지 않았다. 위로, 아래로, 옆으로, 옆으로. 기계가 된 A는 마지막 종이가 종이 실이, 종이 먼지가 되어버릴 때까지 종이를 잘랐다.

A가 책상 위에 커터칼을 내려놓았다. A가 앉은 의자가 종이 더미에 파묻혀 있었다. 종이 남자가 종이 중절모를 벗어 책상 위에 올려놓았다. 그의 백지 얼굴이 힘없이 구겨져 있었다. 아무것도 없는 백지의 얼굴을 한 종이 남자가 부들부들 떨리는 종이 입술을 열어 말했다. 왜 이래야 하는 거지? 그냥 진술서를 몇 장 쓰면 되는 일이야. 이렇게 종이들을 다 자를 필요까지는 없었다고. A가 대꾸했다. 정말로 그걸로 괜찮다고 생각해? A가 종이 남자의 종이 모자를 손에 쥐었다. 종이 남자의 종이 입술이 움직이지 않았다. 그리고 A는 종이 남자의 중절모를 자르기 시작했다. 그렇게 해서 괜찮은 건 너뿐이야. 종이 남자의 종이 중절모가 한 뭉치의 종잇조각으로 변하는 데에는

페이퍼 컷　　　　187

그리 오랜 시간이 걸리지 않았다.

A가 종이 남자의 손을 쥐었다. 종이 남자의 하얀 종이 손 위로 검붉은 얼룩이 번져나갔다. 무슨 짓이야. 종이 남자가 비명을 질렀다. A는 대답을 하지 않았다. 그 대신 종이 남자의 종이 손을 꾹 눌러 책상 위에 고정시켰다. 그리고 A는 종이 남자의 손 위로 칼질을 시작했다. 위에서 아래로, 다시 위에서 아래로. 칼날이 종이에 스치는 소리가 났다. 제일 먼저 종이 남자의 종이 손톱이 떨어져 나갔다. 그다음으로 사라진 것은 종이 남자의 종이 손가락이었다. 종이 남자의 종이 손바닥이, 그리고 종이 손등도 커터칼에 잘려 나갔다. 한때 종이 남자의 일부를 이루던 종이들이, 다른 모든 종잇조각들과 다를 바 없는 종잇조각이 되어 떨어져 내렸다. A는 계속해서 종이 남자를 잘랐다. 종이 코트가, 종이 커프스가, 종이 셔츠가 모두 종잇조각이 되어버릴 때까지 잘랐다. 미안해, 하지만 이젠 더 이상 자를 수 있는 종이가 없는걸. 이 방에 종이로 된 거라고는 내 수학 문제집과 너밖에 없어. A가 말했다. 그 와중에도 종이 남자는 종잇조각으로 변해가고 있었다. 종이 남자가 잘려 나가는 자신의 종이 몸을 보았다. 종이 눈꺼풀이 파들파들 떨렸다.

언제까지 칼질을 계속할 생각이지? A의 칼날이 종이 남자의 종이 오른팔을 반쯤 잘랐을 때 종이 남자가 입을 열었다. 이제는 종이 남자의 종이 목소리마저도 부들부들 떨리고 있었다. 나도 몰라. 하지만 네가 닥칠 때까지 계속해야만 한다는 건 잘 알지. A가 대답했다. 차라리 내 배때기에 칼을 꽂는 건 어

188

때, 종이 남자가 비아냥거렸지만 A는 듣지 않았다. A는 다만, 열심히, 가늘게 종이 남자를 자를 뿐이었다. 그렇게 잘라봤자 어차피 다시 자랄 거야, 종이 남자가 말했다. 그러나 A는 역시 대답하지 않았다. 그저 더 열심히, 성심과 성의를 다해, 종이 남자를 조각내는 일에 열중할 따름이었다.

종이 남자의 오른팔을 잘라 내던 칼은 어느새 종이 남자의 어깨를 가르고 있었다. 묵묵히 종이 남자를 썰던 A가 갑자기 입을 열었다. 미분이라는 건 말이지, 불규칙한 그래프의 아랫부분을 끝없이 나누는 거라고 하더군. 그런 다음에 자른 부분을 다 더하면 그래프의 면적을 구할 수 있대. 솔직히 말하면 나는 아직도 이해하지 못했어. 미분식을 유도하는 데에는 성공했지만, 미분 문제집은 어떻게 해도 풀 수가 없어. 너는 진실을 알기 위해 진술서를 받는다고 했지. 그런데 이것 봐, 이렇게 종이 가루가 흩날리잖아. 조금만 숨을 잘못 쉬었다간 너나 나나 다 죽어버리고 말 거야. 그런데도 진술서를 받을 필요가 있는 거야? 정말로? 종이 남자는 대답하지 않았다. A의 칼날이 종이 남자의 종이 성대를 잘라내고 있었다.

네가 삼킨 진술서들은 어디로 가는 거지? A가 다시 물어보았다. 역시, 종이 남자는 대답할 수 없었다. A의 칼날은 이제 종이 남자의 종이 입술을 조각내고 있었다. 네가 가지고 오는 종이들은 어디에서 오는 거야? 여전히, 종이 남자는 대답할 수 없었다. 그것은 A가 대답을 원하지 않았기 때문이었다. A는 쉼 없이 칼질을 했다. 종이 남자의 말은 거짓말이었다. 한번 잘려 나간 것들은 잘려 나간 것들일 뿐, 절대로 다시 자라나거나 조립되지 않았다. 종이 남자의 종이 턱이 사라지고, 종이 목이 사라지고, 종이 코가, 종이 눈꺼풀이, 종이 속눈썹이 사라졌다. 종이 남자의 종이 가슴도, 종이 배도 없어져버리고 말았다. 종이 남자의 종이 허벅지는 물론이고, 종이 무릎이, 종이 정강이, 종이 발목, 종이 발가락도 모두 다 흔적도 없이 사라져버리고 말았다. 종이 남자의 종이 구두와 종이 우산도 종이 먼지로 변해버리고 말았다. 종이 남자가 있던 자리에 남은 것이라고는 다른 모든 종잇조각과 똑같은 종잇조각과 다른 모든 종이 먼지와 똑같은 종이 먼지뿐이었다.

A는 한때 종이 남자였던 종이 더미 위에 앉아서 생각했다. 종이로 접은 동물들과 함께 앉아서 생각했다. 여전히, A는 도망치고 싶었다. A는 세상에서 가장 긴 죄의 목록과 세상에서 가장 복잡하고 자세한 지도에 대해서 생각했다. 세상에서 가장 긴 죄의 목록은 죄의 이름 아래 새로운 죄의 이름을 덧붙이면서 만들어질 것이었고, 세상에서 가장 복잡하고 자세한 지도는 더 좁은 면적을 더 자세하게, 더 세밀하게 그리다 보면 만들어질 것이었다. 그러나 A는 더 이상 그 어느 것도 가지고 싶지 않았고, 그 어느 것도 만들고 싶지 않았다. 그것들은 A의 도주를 담보하지 못했다.

비는 좀처럼 그치지 않았다. 빗방울이 창문에 부딪혀 깨지는 소리와 에어컨 실외기가 돌아가는 소리가 방 안을 채웠다. A는 빗방울을 방 안에 끌어모으고 싶었다. 천장까지 찰랑 찰랑 차오르도록 빗방울을 끌어모으면, 다시 한 번 또 다른 곳으로 도망칠 수 있을지도 몰랐다. 어쩌면 그곳은 미적분이나 진술서가 없는 세계일지도 몰랐다. 그러나 부서진 것은 부서진 것이었고, 깨진 것은 깨진 것이었다. A가 종이 거북이를 집어 들었다. A가 그것을 차근차근 펼치기 시작했다. 종이학도, 종이 황소도, 종이 매미도 전부 네모난 종이가 되어버렸다. A의 종이 동물원은 이제 어디에도 없었다. A가 수학 문제집을 들고 왔다. 그리고 표지부터 한 장씩 찢어 내기 시작했다. 이윽고, 수학 문제집도 한 뭉치의 종이 더미가 되어버리고 말았다.

A가 커터칼을 집어 들었다.

사물과 사랑

인아영
(문학평론가)

사물이 나를 바라보지 않아도 나는 사물을 바라볼 수 있다. [……]
이것이 인간이 사물에 집중하기 위해 기꺼이 퇴행하는 이유다.
장 보드리야르, 『사물의 체계』

1.

세계는 불확실하고, 나는 불안하다. 원인을 알 수 없는 실패는 거듭되고, 불안은 증폭되며, 우울은 누적된다. 도무지 좁혀지지도 가까워지지도 않고 살짝이라도 닿을 수조차 없는 세계와 나의 멀고 먼 거리. 그 사이에서 우리는 무엇을 할 수 있을까.

그러나 불안의 순간에도 할 수 있는 일이 있다. 아니, 그제야 비로소 더 잘할 수 있는 일이 있다. 바로 사물을 감각하는 일이다. 근원을 알 수 없는 불안이 온몸을 휘감을 때, 우리의 감각은 가장 날카로운 촉수가 곤두서듯 예민해진다. 장 보드리야르가 말했듯, 끊임없이 유동하는 불안한 세계와 달리 지속적이고 고정적인 사물의 영역은 우리를 안심하게 해준다. 또 사물은 나를 바라보지 않아도 나는 사물을 바라볼 수 있기에, 그 응시를 경유하여 불안을 해소하고 세계를 재조정할 수 있게 해준다. 그러한[1] 응시의 감각 속에서 세계와 나의 틈새는 일시적으로나마 메워지기 때문이다. 보드리야르는 사물에 집중하고 감동하는 문학은 퇴행이자 도피일 수 있으니 속지 말자고 이야기했지만, 가끔은 이 열광적인 퇴행과 도피에 기꺼이 동참하고 싶어진다. 표면에 깃들어 있는 불안, 우울, 열정, 사랑이 아름다운 소설의 언어로 펼쳐질 때, 사물의 세계는 물리적인 실재일 뿐만 아니라 인간의 감정을 가장 정확하게 반영하는 이미지가 되기 때문이다. 그래서 예민한 감각으로 사물의 표면을 밀착하여 들여다보는 허희정의 소설을 읽는 일은 사물의 세계로 퇴행하는 동시에 깊숙이 들어가고, 도피하는 동시에 솔직하게 대면하는 일이 된다.

2.

허희정의 첫 소설인 「페이퍼 컷」에서 불안은 무언가를 진

---

1   장 보드리야르, 『사물의 체계』, 배영달 옮김, 지식을만드는지식, 2011, pp. 44-45.

술하라고 집요하게 요구하는 익명의 목소리로 다가온다. 종이로 된 남자는 어느 날 A에게 찾아와 이렇게 말한다. "자, 이제 진술서를 작성하자"(p. 173). 예정된 방문이었음에도 A는 무엇에 대해 써야 하는지 알 수 없다. 쓸 말이 없어 연필도 건드리지 않고, 모든 문장에 취소선을 그어놓고, 종이를 구기거나 잃어버렸다고 거짓말을 해보아도, 종이 남자는 도망을 허락하지 않는다. 진술 대신 수식, 그래프, 숫자, 영문자로 종이를 채워보려고 해도, 돌아오는 말은 다시 쓰라는 일방적인 명령일 따름이다. A의 집에 머물면서 진술서를 쓰지 않은 사람은 너뿐이라며 무슨 말이든 쓰라고 윽박지르는 종이 남자 앞에서, A는 결국 더 이상 참지 못하고 커터칼을 꺼내 든다. 종잇조각이 흩날리고 바닥에 쌓여 방을 메울 때까지, 그리고 종국에는 종이 남자의 종이로 된 중절모, 손바닥, 코트, 오른팔, 우산을 산산이 조각낼 때까지, A는 칼질을 멈추지 않고 종이를 잘라내버리고 만다.

　요컨대 A는 진술서를 쓰는 데 실패하는 셈이다. 그러나 진술서를 작성하라는 종이 남자의 요구가 집요한 만큼이나 이로부터 도망치려 하는 A의 목소리도 끈질기다는 사실에 주목해보면 어떨까. 진술서 작성의 실패 여부와는 별개로, 거기에는 자신을 덮쳐오는 세계의 불안과 자꾸만 의미를 물어오는 강요를 거부하며 커터칼을 집어 들고 종이를 계속 잘라내는 움직임이 있기 때문이다. 이 움직임에는 양면성이 있다. 한편으로 지금까지 잘라본 적이 없었을 뿐 사실상 자르면 잘라지는 얇은 세계에 대한 소극적인 저항일 수도 있는 동시에, 다른 한편으로는 그렇게 무자비하게 종이를 잘라내도 여전히 커터칼을 내려놓지 못하는 불안일 수도 있는 것이다. 불가해한 세계를 맞닥뜨려야만 한다는 불안은 간단히 해결되는 성질의 것이 아니라 아무리 도망치고 무시하려고 해도 어떤 방식으로건 마주할 수밖에 없는 영속적인 긴장이다. 허희정의 소설에는 근원을 알 수 없는 그 불안을 모른 척하거나 손쉽게 해소하지 않고 침착하고 끈질기게 천착하는 힘이 있다.

「Stained」에서 불안은 추상화된 도형의 형태로 육박해온다. 어느 날 꿈에서 '나'는 주먹보다 작은 크기의 빨간색 고무공을 줍는다. 그런데 빨간 공은 점점 탄탄하게 부풀어 올라 '나'를 노리기라도 한 듯 공격적으로 날아오고 결국에는 하늘을 덮을 만큼의 크기가 되어 아무리 도망쳐도 그로부터 벗어날 수 없게 한다. 꿈속의 빨간 공만이 아니다. '나'의 안정을 위협하는 불안은 하늘에서 수직으로 내리꽂히는 삼각형의 형상으로도 등장한다. 일주일에 한두 개씩 떨어지는 삼각형은 두께도 질량도 부피도 없지만, 도시 한복판에 파편처럼 박혀 햇빛을 반사하여 마치 유리처럼 부서지는 세계의 멸망을 상상하게 한다.

점점 커지면서 날아오는 빨간 공과 하늘에서 내리꽂히는 날카로운 삼각형. 이 동그란 원과 뾰족한 삼각으로 시각화된 이미지는 무엇일까? 그것은 이해할 수도 장악할 수도 없는 세계 자체처럼, 「페이퍼 컷」에서 의미 있는 무언가를 진술하라는 종이 남자의 집요한 목소리처럼, '나'를 압박하듯 추격해온다. 허희정의 소설에서 불안과 공포가 이렇게 추상화된 사물로 등장하는 이유는 어쩌면 불안과 공포란 본래 그러한 것이기 때문일지도 모른다. 알 수 없는 세계와 나 사이에 벌어져 있는 틈, 그로부터 유발되는 불안과 공포는 이성적이거나 논리적으로 설명될 수 없으며, 바로 그 점 때문에 나에게 두렵고 불편한 감정을 유발한다. 따라서 불안과 공포를 가장 정확하게 표현하기 위해서는 추상적인 사물에 대리하거나 암시적으로 빗댈 수밖에 없는지도 모른다. 언제나 곁에 있지만, 가까이 다가갈 수도, 섣불리 정체를 이해하거나 규명할 수도, 그렇다고 망가뜨려버릴 수도 없는 것. 불안과 공포는 오로지 은유로서만 제대로 존재할 수 있다.

불안과 공포의 시각적인 이미지는 '나'의 구체적인 생활 속으로 스며들어 와 일상의 미세한 균열을 만들어낸다. '나'는 꿈속에서 빨간 공을 주웠기 때문에 구인 게시판에서 P를 만나 룸메이트가 되었을 뿐만 아니라 그와 함께 유기견을 데려와 키우기로 결심했다고 믿고, 하늘에서 떨어지는 삼각형의 이미지는 P를 이해하지 못하는 '나'의 거리감, 그리고 자신이 무대 스태프로 일하고 있는 공연장에서 연출과 언쟁을 벌이던 조명 오퍼의 뒤통수에 조명기가 떨어지는 사건과 연루된다. '나'는 도시에 꽂혀 있는 삼각형을 통과해 걸어가는데, 이 이미지는 유기견을 데려오면서 개와 P가 첫 대면하는 모습이 역광 때문에 카메라에 잘 담기지 않는 에피소드로 이어지면서 앞으로 셋의 관계가 평탄하지 않을 것임을 암시한다. "접시가 세 개인

196

저울은 내 머릿속은 물론이고 세상 그 어디에도 존재하지 않았"(p. 97)듯, 커다란 원과 뾰족한 삼각형의 이미지 역시 세계와 나 사이 어딘가에서 불안하게 틈입한 채로 있는 것이다.

3.

불안이 가장 깊이 파고들어 마음을 장악하는 곳은 사랑의 영역이 아닐까? 사랑의 영역은 너무 무르고 취약한 곳이어서, 너무 깊은 자극과 예민한 상처를 받는 곳이어서, 형체도 없이 생겼다가 흔적도 없이 사라지는 곳이어서, 그 안에 불안이 도사리거나 감겨들기 시작하면 그로부터 벗어나기란 도무지 쉽지 않다. 그래서인지 불안의 정조가 흐르는 이 소설집의 연인들은 짙은 우울에 잠겨 있다.

사랑의 화학 작용과 마찬가지로 우울 역시 이성적인 판단이나 논리적인 인과로 구명되지 않는다. 알 수 없는 아주 사소한 이유로 사랑에 빠지곤 하듯, 자신조차 이해할 수 없는 이유로 우울에 젖게 된다. 우울은 상황에 걸맞지도 않고 납득할 수도 없는 순간에 우리를 그 안으로 빠뜨리고 밀어 넣는다. 그래서 우울에는 서사가 없다. (우울한 연인들이 등장하는 이 소설들에도 서사가 결정적이거나 핵심적인 요소로 작동하지 않는다.) 그러나 우울은 사랑에 너무 깊이 빠진 연인들의 서사에 필연적으로 침투한다. 사랑에 너무 깊이 빠진 연인들만이 언젠가 닥쳐올지도 모르는 상실을 미리 상상하고 이별에 앞서 절망하기 때문이다. 한 사람을 향한 열정과 이 모든 것이 끝나버릴 수도 있다는 불안의 배합은 상대 연인의 상실을 추체험하게 만들고 우울을 생성한다. "우울은 사랑이 지닌 결함"[2]이다.

「파운드케이크」는 우울을 겪는 연인 '모래'가 사라진 동안 그를 기다리는 '나'의 이야기다. 알 수 없는 이유로 화나고 슬프고 외롭고 괴로워하던 모래는 '나'의 설득에도 불구하고 어느 날 짐을 싸서 집을 떠나버린다. 모래의 물건으로 가득한 방에 남겨진 '나'는 말을 잃어버리고 온종일 모래를 걱정하며 하염없이 기다린다. 그사이 파운드케이크를 파는 빵 가게의 친절한 주인 '눈'과 조금씩 가까워지지만 모래에 대한 기다림을 이해받거나 말을 되찾지는 못한다. 기르던 개 '악어'가 살해당한 사건을 계기로 눈이 마을을 떠나가자마자 모래가 돌아오지만, 그동안 갯벌에서 있었던 이야기를 전해주던 모래는 점점 크기가 줄어들더니 결국 먼지 구덩이만 남기고 사라져버리고 만다.

이 연애소설에서 세계는 곧 사랑하는 두 연인만의 폐쇄적인 공간이다. 세계가 너무 작기 때문이 아니라 사랑하는 연인이 너무 크기 때문이다. 모래가 떠나간 자리에서 나에게 세계란 곧 모래의 흔적이 남아 있는 사물, 혹은 언젠가 모래와 공유할 수 있는 사물의 세계와 다르지 않다. 애초에 대화를 나누던 상대라고는 모래밖에 없었으므로 말도 언어도 의미를 잃고

2 앤드류 솔로몬, 『한낮의 우울』, 민승남 옮김, 민음사, 2004, p. 23.

만다. 모래의 자리를 일시적으로나마 채워주는 것처럼 보이는 '눈'은 연인의 부재를 더 강렬한 사랑으로 의미화해줄 대체물로 기능할 뿐이다. 눈의 "세상에서 가장 절박한 사랑의 고백을, 도대체가 지겨워서 견딜 수 없다는 표정으로, 아무런 말도 없이, 단호하게 거절해버리고 싶"(p. 26)은 이유도, 모래가 돌아왔을 때 아무에게도 마음을 주지 않고 너를 기다렸다는 증거가 되기 때문이다. 연인이 사라진 동안 겪는 실어失語와 무기력도 연인에 대한 사랑을 역설적으로 증명한다. 모래가 곁을 떠날지도 모른다는 불안감은 소설의 끝에 이르러 마치 자기충족적인 예언처럼 실현되는데, 그 부재의 자리를 채우는 것은 다시 "공들여 닦은, 세상에서 가장 반짝이는 마룻바닥 위에 먼지 구덩이"(p. 31)와 같은 사물의 세계다.

「실패한 여름휴가」에서 두 사람만의 폐쇄적인 세계는 덥고 끈적이는 여름의 해변가로 옮겨온다. 권태에 접어든 연인인 '나'와 '너'는 여름을 맞이해 수영장으로 휴가를 가려고 했으나 결국 쇠락한 해변 마을로 떠난다. 그러나 두 사람은 거의 함께 시간을 보내지 않는다. '너'가 말없이 어디론가 나가 있는 동안 '나'는 창문 없는 방에 있다가 옥상으로 올라가 바깥을 내다보고, 언제인가 다시 들어온 '너'와 바깥으로 나가보지만 두 사람은 적당한 거리를 사이에 두고 걸으며 각자의 생각 속에 빠져들 뿐이다. 다음 날 아침 산책길에 사 온 물고기를 화장실 욕조에 담가둔 채 '너'는 다시 어디론가 떠나고, '나'는 욕조 속의 물고기를 만지며 '너'는 영원히 오지 않을 것이라고 생각한다.

결국 '나'와 '너'의 여름휴가는 실패한다. 그러나 이 소설을 읽는 데 중요한 것은 휴가로 떠난 해변 마을에서 '너'가 '나'를 두고 자꾸만 사라진다는 사실, 혹은 그러면서도 권태로운 관계가 끝나지도 않고 지치도록 이어지고 있다는 사실, 혹은 그래서 '나'가 혼란스러운 독백을 늘어놓으며 자기를 파괴하고 싶다는 욕망과 '너'의 목을 조르고 싶다는 충동 사이에서 고통스러워한다는 사실이 아니다. 그보다 이러한 실패, 우울, 불안, 고통, 불확실, 무기력에 시달리는 '나'의 감정, 그리고 그 감정과 맞닿아 있는 사물들의 세계와 관계 자체가 중요한 게 아닐까. 자신의 감정을 인지하는 동시에 주변 사물을 관찰하는 '나'의 시선은 마치 천천히 움직이는 카메라처럼 사유와 감각을 오간다. '너'가 사라져버리고 무엇도 믿을 수 없는 순간에 세계를 받아들이는 '나'의 감각은 한층 강화되고 예리해진다. 습기로 가득 찬 방의 공기, 눅눅하고 흐물흐물한 이불의 직물, 젖은 채로 물컹거리는 물고기의 감촉은 살갗이 분리되고 안구가 적출당하는 듯한 고통, 압사당하고 싶다는 욕망, 끝내 도달할 수 없을 것 같은 '너'라는 존재와 한데 얽히고 뒤섞인다. 감정에 대한 인식과 사물에 대한 감각의 얽혀듦 속에서 그 어떤 실패도 완결형으로 끝나지 않고 진행형으로 계속된다. 그래서 '나'는 이렇게 말한다. "이미 한번 실패한 여름휴가를 되돌려놓을 방법은 없다. 아니, 아직 우리는 실패하지 않았다. 실패할 일은 아직 얼마든지 남아 있다"(p. 79). '너'와의 관계가 실패할 일이 얼마든지 남아 있기에 끝없이 이어지고 있듯이, 마지막 줄에

이를 때까지 "문장은 미완의 상태로 남을 것"(p. 87)이기에 이 소설은 영원히 계속될 것만 같다.

「망가진 겨울여행」은 두 사람만의 배타적인 연인 사이가 아니라 세 친구 사이에 일어나는 다정하면서도 불안정한 감정의 기류를 섬세하게 그려낸다. 죽은 친구인 '너'에게 말을 건네는 형식으로 이루어진 이 소설은 '나'가 '너', 그리고 수영과 함께했던 북해도 여행을 회상하는 내용으로 시작된다. 가장 가까운 친구인 '너'가 비행기 가격이 싸다면서 북해도로 떠나자고 의욕적으로 제안하자, 우울하고 무기력했던 '너'의 평소답지 않은 모습에 '나'는 여행에 동행하기로 한다. 더 길었으면 싶을 정도로 즐겁게 보내던 여행 중 오타루 운하 투어에서 두 사람은 수영을 만나게 되는데, 알고 보니 '나'와는 같은 동네에 살고 '너'와는 중학교 동창이라는 이상한 우연이 있어 신기해하며 점차 가까워진다. 이후 세 사람은 미묘한 불균형 속에서 관계를 유지하게 된다. 오타루 운하의 가게에서 좁은 진열대를 지나가던 '너'가 수영의 등을 치는 바람에, 오르골을 떨어뜨린 수영이 비싼 돈을 주고 제품을 구매해야 했던 사건을 계기로 흐르기 시작한 미묘한 긴장은 한국에 돌아온 뒤에도 지속된다. 그러나 '나'가 직장을 그만두고 지방의 본가로 내려와 있는 동안, 어디론가 멀리 떠나가게 되었다는 근황을 간접적으로 듣는 정도로 수영과 멀어지고, '너'의 소식을 듣는 일도 드물어진다. 몇 차례의 자살 시도로 병원에 입원할 정도로 우울증을 앓던 '너'가 끝내 세상을 떠나면서, '나'는 두 사람과 함께했던 지난 시간을 가만히 들여다본다.

　'나'는 이미 훼손되어 돌이킬 수 없는 세 사람 사이의 관계를 실수로 떨어뜨려 망가진 오르골이라는 사물의 이미지와 겹쳐놓는다. "어떻게 망가뜨렸느냐에 따라 망가짐의 모양새가 달라지지 않을까. 수영이가 망가뜨린 오르골을 망가진 오르골이라고 할 수 있는지에 대해서 나는 오랫동안 생각했다"(p. 129)는 '나'의 말은, 잠깐의 실수만으로도 쉽게 부서져버리고만 오르골을 대단한 잘못이나 별다른 사건 없이도 영영 멀어진 세 사람의 관계로 은유하고 있는 것처럼 들린다. 다만 '나'는 불투명하고 예민하고 우울한 상대방에게 무언가를 요구하지 않고 가만히 헤아리려 노력한다. '너'에게 말을 건네면서도 수영에게 편지를 쓰려는 시도를 망설이는 목소리, 사소한 단어 하나도 곱씹고 되뇌며 상처를 받을 수영의 입장을 이해해보는 마음, 어쩌면 '너'에게 도움이 되고 싶었다기보다는 외로움을 덜고 싶었던 게 아닌지 되돌아보는 생각은 '나'를 끊임없이 회상하게 만든다. 오르골이라는 사물은 "떨어뜨린 것을 발견한 순간 곧바로 몸을 숙여 흩어진 조각들을 주워 모아도, 미세한 파편이 반드시 누락"될지 몰라도, 그래서 이미 부서져버린 관계를 완벽하게 복원하기란 불가능할지 몰라도, 사람 사이의 어떤 관계는 "손을 대서 망가진 게 아니니까, 손을 대지 않아서 망가진 거니까", '나'는 뒤늦게라도 끝내 부칠 수 없는 편지를 계속 써 내려가는 것이다(p. 130).

4.

한편 「우중비행」은 알 수 없는 타인의 흔적을 더듬어보는 허희정 소설 특유의 섬세함이 지구의 대재난 이후 몇 세기가 지난 시점의 우주를 배경으로 그려진 SF소설이다. 대재난 이후 지구가 아닌 다른 행성들로 이주해 살고 있는 인간들 사이에서 행성 연합의 지도자가 선출되면서 지구로 복귀하려는 탐사 프로젝트가 기획되기 시작한다. 원래는 행성 연합 연구소의 기술자였던 G는 유능한 과학자이자 기술자인 Q와 함께 2인 1조 탐사대가 되어 지구로 떠나게 된다. 소설은 행성 연합과의 통신도 망가지고 탐사선도 파괴된 고립 상황에 Q가 실종되는 사건에서 출발하는데, 파트너였지만 줄곧 갈등 관계에 있었던 G는 Q의 행적을 따라가며 그의 과거에 닿으려 애써본다. 지구 복귀에 대한 희망이 없는 G와 달리 지구에 남겨진 온실의 식물을 재배하며 무언가를 보살피려 했었던 Q의 흔적을 되짚어보는 것이다. 그러나 Q의 마지막은 끝내 불가해한 미지의 영역으로 남겨지고, Q가 조성한 환경에서 무성하게 자라 산소를 뿜고 있는 식물들만 남아 있을 뿐이다.

마찬가지로 갑자기 사라진 타인의 공백을 중심으로 전개되는 「인컴플리트 피치」에서는 O의 부고를 계기로 회사원 '백'이 회상하는 두 가지 과거 이야기가 교차한다. 하나는 백이 '인컴플리트 피치'라는 록 밴드의 팬카페 회원으로서 겪는 일화다. 멤버 한 명이 특수강간죄로 고발당하면서 밴드가 해산되자, 매번 새로운 정보를 제공하면서도 다른 팬들과의 접촉을 극도로 피하던 익명의 팬 O는 '인컴플리트 피치'의 마지막 해외 공연 정보를 팬카페에 올린다. 백은 O에게 티켓을 양도받아 해외 공연을 보러 가지만 끝내 O의 모습은 보지 못한다. 다른 하나는 대학 신입생 시절 밴드 동아리에서의 경험이다. 여름 방학에 처음으로 무대에 서게 된 백은 기타 솔로 부분에서 보컬의 목소리를 비롯해서 아무것도 듣지 못하는 패닉에 빠지게 되고 뒤풀이에서 술을 마시면서도 그 상태에서 빠져나오지 못한다. 이 두 가지 일화, 즉 O와 같은 공연장에서 '인컴플리트 피치'의 해외 공연을 관람했던 일화와 대학 신입생 시절 처음으로 무대에서 기타 연주를 하다가 패닉을 경험한 과거가 매끄러운 이음새로 맞물리면서, 그리고 느닷없이 일상에 찾아온 타인의 부재가 '나'의 오랜 불안과 얽혀들면서, 과거와 현재는 별다른 차이 없이 통합된다. 친구들과 놀러 간 여행지에서 백은 "새로운 것은 아무것도 없다"(p. 168)는 결론에 이른다.

물론 그렇지만은 않을 것이다. 정성껏 조명, 온도, 토양을 조절해 온실의 식물을 가꾸었던 Q가 실종된 빈자리, 거의 아무런 흔적도 남기지 않고 어떠한 추측도 허용치 않은 O의 죽음에서 시작하는 이 소설들은 갑작스러운 타인의 공백으로부터 출발한다. 「파운드케이크」의 '모래', 「실패한 여름휴가」의 '너', 「망가진 겨울여행」의 '너'와 '수영'처럼, 사라졌거나 사라지고 있거나 사라지게 될 타인은 아무리 가까웠든 멀었든 영원히 알 수 없는 미지의 영역으로 표면의 흔적만을 남긴다. 그러나 이 사물의 흔적들을 응시하고 더듬어 따라가는 소설의 예민한 감각은 불확실한 세계와 나의 틈을 재조정하고 표면의 묘사와 서사 사이의 관계를 갱신하는 아주 미세한 차이를 만들어낸다. 그래서 나는 허희정 소설의 사물에 대한 예민한 감각에서, 우울하고 무기력한 둘만의 폐쇄적인 세계에서, 그리고 때로는 불안하게 흔들리는 문학의 언어에서, 사랑을 읽는다.

언젠가부터, 온전히 도저히 영원히 이해할 수 없다는 점에서 소설 밖의 사람들과 소설 속의 사람들은 완전히 동일하다고 생각했다. 차이가 있다면, 소설 밖의 사람에게 칼을 들이밀었다가는 상당히 높은 확률로 범죄자가 된다는 점일 것이다. 그러나 그것이 범죄가 아니더라도, 소설 밖의 누군가를 다 쪼개어 분해해버린다고 해서 그를 이해할 수 있을 것 같지는 않다. 한편 종이를 전부 다 찢어버려도, 지면을 이루는 섬유의 방향과 모양을 찬찬히 세심하게 분석해보아도, 찢고 자르고 조각내는 대신 이 종이 위에 얹힌 잉크 방울을 활자의 모양과 그들이 남기는 흔적을 활자를 이루는 망점의 간격을 하나하나 살펴보아도 소설 속에 사는 그를 온전히 이해할 수 없는 것은 마찬가지일 것이다. 결국 소설 안이든 밖이든 내가 이해할 수 있는 것은 거의 없고,

소설을 쓸 때마다, 도무지 구조를 파악할 수 없는 미로를 빠져나가려고 시도하려는 것 같은 기분이 든다. 한 걸음이라도 더 내딛으면 이 미로에서 더 빨리 탈출할 수도 있을 것 같은데, 끝도 모르게 솟은 벽의 무늬가 그 벽 위를 흐르는 차가운 공기가 재미있어서 신선해서 마음을 끌어서 하지만 조금 무섭기도 해서 그냥 그대로 선 자리에서 빙빙 맴돌고 있는 것 같기도 하다.

그럼에도 단 한 걸음이라도 앞으로 내딛을 수 있었다면 그건 분명히 사랑하는 당신들 덕분일 것이다. 고맙다는 말을 전하고 싶다.

탈출할 수 없다고 해도 괜찮을 것만 같다.

2020년 여름
허희정

비슷한 줄로만 알았던 미로와 미궁에는 실은 작지 않은 차이가 있다고 한다. 전자는 한번 들어간 사람을 혼란에 빠뜨리고 갈피를 못 잡게 만드는데(출구를 못 찾을 수도 있다!) 후자는 설계된 모든 길을 따라 걷도록 이루어져 있으며 언젠가는 그 중심에 도달하게 되어 있다는 것이다. 일곱 겹의 모퉁이를 지닌 미궁의 입구에 들어서서 정치한 언어와 의식의 벽을 더듬어 나아가는 동안, 첫 소설집으로 이후 작가가 갈 곳의 좌표를 소략하게나마 짐작할 수 있으리라는 느슨한 인식을 바꿨다. 허희정의 소설은 아직까지 또는 언제까지고 규정되거나 규명되기를 원치 않는 것처럼, 자기 세계를 담아내기에는 언어가 미치는 영역이 비좁다는 듯, 쓸쓸했다가 모호했다가 재기 넘쳤다가 모험도 하고 실험도 하고 혼자 다 하면서 자신의 문장이 착륙할 최선의 자리를 탐색한다. 독자들의 뇌리에 선명한 필압을 남기고 싶은 동시에 흔적도 없이 부재하고 싶은 소망의 충돌을 온몸으로 버티어내는 이가 작가라면, 실로 방심할 수 없는 장력과 개성을 지닌 한 명의 작가를 기분 좋은 충격과 함께 만났다. **구병모**(소설가)

수록 작품 발표 지면

「파운드케이크」(『현대문학』 2016년 12월호)

「우중비행」(〈문장 웹진〉 2017년 9월호)

「실패한 여름휴가」(『문학과사회』 2019년 가을호)

「Stained」(『문예중앙』 2017년 여름호)

「망가진 겨울여행」(『솜』 2020년 상권)

「인컴플리트 피치」(『문학과사회』 2017년 봄호)

「페이퍼 컷」(『문학과사회』 2016년 여름호)